PETER ROSEI
Der Mann,
der sterben wollte
samt einer
Geschichte von früher
— Klett Cotta —

Der Mann,
der sterben wollte

Es war in Durres, der albanischen Hafenstadt, da war ihm zum ersten Mal eingefallen, er könnte einen Roman schreiben mit dem Titel: Der Mann, der sterben wollte. Durres — das ist eine reichlich ausgefallene Adresse, und er war dahin auch nur geraten aus Abenteuerlust und Neugier, die seit langem sein Leben bestimmten. S. war Schriftsteller, nicht ganz erfolglos — immerhin konnte er von seinen Hervorbringungen leben. Ob sie etwas wert waren? — Er hatte sich, wie er sich gerne vormachte, beinah jeder Macht entzogen und lebte in einer Freiheit, die nur in der Müdigkeit ihre Grenze fand.

Jene Straße von Durres: Er überquerte gerade die leere, breite Fahrbahn, die rechts und links von Palmen begleitet war, als ihm der Einfall zu dem Roman kam. Vorn, in der Tiefe, hinter schmuddeligen, flachen Häusern, stand der runde Steinturm einer alten Hafenbefestigung; dahinter, an einer niederen Landzunge hinaus, ragten die Kräne der Schiffswerft auf, die Elevatoren. Rauch aus den Schornsteinen wartender Frachtschiffe. Dann ein Park, mit einem Erfrischungskiosk unter den Bäumen. Leute dort; helle Ärmel.

An dem Turm waren im Kampf gegen die italienischen Faschisten einige Widerstandskämpfer liquidiert worden. So wäre er wohl auch gern gestorben: aufrecht und für etwas, das einen Wert hatte.

Zum ersten Mal fiel ihm in Durres, der albanischen Hafenstadt, ein, er sollte oder könnte einen Roman schreiben mit dem Titel: Der Mann, der sterben wollte. Er überquerte gerade den in praller Sonne daliegenden, schnurgeraden Hafenboulevard, kaum Leute unterwegs, obwohl es gegen Mittag ging, nirgends ein Lastauto oder Auto; kleine Palmen am Straßenrand hintereinandergereiht, deren Stämme an die holzigen Fruchtkugeln der Ananas erinnerten. Wohl weil er Durst hatte, dachte er, sie könnten innen saftig sein: heller, sprudelnder, süßer, erquickender Saft.

Pralle Sonne. Die Parkanlage neben dem Boulevard verwahrlost, struppig, obwohl nicht einmal richtig fertiggestellt. Betonklötze zu einem nicht ausgeführten Bau. Vorn zerbrochene Uferbefestigungen. Ein Schwung der Küstenlinie: Das blaue, das türkische, das persisch blaue Meer, hingestrichen: mit kleinen Goldmakeln; wie auf einer Haut.

Er war dann über den Hauptboulevard durch die Stadt und zum Autobusbahnhof geschlendert. Durres ist eine kleine Stadt, zwanzig-, fünfundzwanzigtausend Einwohner, die niedrigen, verwinkelten, weißen Altstadthäuser haben sich nur in einigen Falten des Stadtberges halten können, sie sind durch Neubauten ersetzt. Mauerfarben: türkis und rosa. Alles von Sonne überstrahlt. Als er eine Fabrik fotografierte, winkten ihm zwei Frauen, zwei Arbeiterinnen, und er winkte zurück.

Er war dann über den breiten Hauptboulevard durch die Stadt und zum Autobusbahnhof auf der anderen Seite des Stadthügels geschlendert. Seine Empfindung, als ihm der Romantitel eingefallen war: ein tiefes, wollüstiges Erschrecken, ein Staunen, ein Knacken in allen Gliedern, ein feines Läuten in den Ohren; sein Körper, einerseits voll, ja strotzend vor Sonne — voll wie ein Kasten mit Goldkörnern; andererseits das Versinken und die Auflösung dieser Körner, sobald er in den Schatten trat. Als würde es an einem Apriltag schneien. — Er kaufte sich eine Flasche Sodawasser an einer Bude, um die herum der Gehsteig mit eingetretenen Kronenkorken dichtauf gepflastert war.

Im Hotel fehlte dann sein Koffer. Es fiel ihm sofort auf, als er in das Zimmer hereintrat. Der Meerwind blähte den grünblauen Vorhang nach innen, er blies unter den heruntergelassenen Rolladen durch und ließ den Saum tanzen. Terrazzo-Fußboden: Er stand mit nackten Füßen darauf.

Was jetzt — ohne Tabletten? Im Bus schon, in dem Gedränge, das dort geherrscht hatte, hatte sein Zahn wieder zu rumoren angefangen. Verstohlen hatte er unter den Blicken der Mitfahrenden immer wieder mit der Faust gegen seine Wange gedrückt. Ein alter Albaner, weiß bartstopplig, mit großen Augen unter den eingesunkenen, eidechsenartig dünnen Lidern, hatte ihn gelassen, eindringlich, doch mißbilligend gemustert. Die Fenster des Busses waren staubverkrustet, dahinter zuckten im Vorbeifahren Baumäste und Wipfel. Wahrscheinlich denkt der, daß man mit Schmerzen anders umzugehen hat: Man muß sie verwandeln.

Aus Gartengevierten rechts und links der Straße hingen Ranken und Palmwedel in den leeren Raum herein. Im Hintergrund standen vereinzelt Eukalyptusbäume im Gelände. Auf dem Straßendamm, im vom Staub gesättigten Zwielicht, durch das manchmal die Sonne schnitt, trotteten karrenziehende Männer, fuhren Fahrradfahrer, liefen johlende Kinder. Einmal ging ein Mann mit einem Kalb am Strick, das, indem es den Kopf hin- und herdrehte, die rosige Schnauze nach oben wandte.

Er stieg die Treppen ins Parterre hinunter, um sich zu beschweren. Der hinter ihrem Tresen eine Zeitschrift durchblätternden Rezeptionsdame erzählte er auf Englisch, daß sein Koffer fehlte: Er deutete dabei auf den abgetretenen Läufer vor dem Tresen, als stünde der Koffer dort. Fern ging ein Herr, von dem er nur den Rücken sehen konnte, durch den breiten Mittelkorridor. Zu spät bemerkte er, daß die aufmerksam und freundlich ihn anlächelnde Rezeptionistin kein Englisch konnte. Er mußte alles noch einmal erzählen: die ganze Erzählung! La mia valigia ...

Er saß in seinem Zimmer und beobachtete sich im Spiegel: Das war ihm beinah zum Ritual geworden. Meist begann es mit gespielter Zerstreutheit, die dann jäh, an einer Stelle, die ihm stets entging, in Aufmerksamkeit umschlug: Er hielt den Kopf mit beiden Händen an den Schläfen, spürte, wie er das elastische, widerstrebende Haar gegen die Schläfen drückte, und schaute in sein Gesicht hinein. Der Mund: er lächelte. Lächelte er jetzt zuversichtlich oder fröhlich oder kräuselte ihn eine beginnende Verstimmung? In der Tiefe des Spiegels ahnte er den Kopf mehr, als er ihn sah: kantig, fest, mit gebogenem Scheitel, andeutungsweise sich lichtendem Haar. Die hellen Augen leuchteten innig.

Er machte vor dem Bett ein paar Kniebeugen und legte dabei die Hände leicht auf das emporstehende Fußteil.

Über der Sessellehne hing eine seiner Hosen. Wo hatte er die gekauft? In Moskau? In Amerika? In irgendeiner Kleinstadtstraße?

Der Koffer tauchte dann später wieder auf. Der Hotelmanager entschuldigte sich: ein Versehen! Die Geschichte blieb unaufgeklärt; jedenfalls war der Koffer wieder da. Er stand jetzt wie gewöhnlich gleich neben dem Bett auf dem Fußboden, die Papiere und Bücher darin, Schreibmaschine, Notizhefte, dreckige Hemden, die Schuhe, Bleistifte. Ein Metallkoffer, schon etwas abgebraucht.

Am nächsten Tag brachen sie zu einer Rundfahrt

durchs Land auf. Man besuchte landwirtschaftliche Betriebe und Fabriken. Eine Zigarettenfabrik, Kupferhütten. S. reiste mit einer vom Zufall zusammengewürfelten Gruppe von Journalisten. Das störte ihn nicht nur nicht, sondern war ihm sogar angenehm. Er fühlte sich geborgen und war froh, nicht alles auf eigene Faust unternehmen zu müssen. Sobald er Lust dazu hatte, verschloß er sich und schaute für sich: Hügel mit Ölbäumen. In Kruja, der ruhmreichen Feste der Albaner, einer kühnen Burg und Stadt hoch oben in den Felsen der albanischen Berge, machte er schließlich beim abendlichen Umtrunk in der Burgschenke die Bekanntschaft einer der Reisebegleiterinnen, das heißt, am finsteren Rand zur Schlucht, fern von den anderen, den Lichtergirlanden und der aufpeitschenden Musik der Banda, schlang er den Arm um ihre Schultern, er spürte ihr hartes, krauses Haar an seinem Arm, und sie ließ sich gerne küssen. Er hatte es vorausgesehen: Er hatte sie zum Bus kommen sehen, in ihrer Uniform, mit ihren Stöckelschuhen, den schiefen Strümpfen.

Die besoffenen Journalisten sangen im Bus. S. saß auf der Hinterbank, die Arme ausgebreitet, und starrte in die tiefe, brausende Dunkelheit hinaus, die auch seine Brust ausfüllte. Er genoß das. Die Scheinwerfer des Busses zauberten manchmal die menschenfresserhaft spitzen Dolche von Pflanzenblättern aus dem Nichts oder die Gesichter schlafend verschlossener Häuser, mit scharfkantigen Steinen, die aus dem Verputz ragten.

Anderntags unternahmen sie eine Rundreise durch das Landesinnere: Das Relief des Landes ist sehr gebirgig, und die Straßen führen wie nimmermüde, in aberwitzig eingefädelter Bahn, um die Felsen, die Abgründe, die Bergkuppen herum. Große Stauseen leuchten grün. Öfter sieht man ein Tal schon viel früher, ehe man dort anlangt, aber inzwischen verschwindet es wieder, von Felsen verstellt. Manchmal tut sich nach langer Fahrt der Blick in einen Abgrund auf, wo die auf Steinblöcke herunterprasselnden Wasser der Wasserfälle als feenhaft durchleuchteter Nebel aufsteigen.

Von Durres fuhr er mit dem Schiff nach Triest, das nur Zwischenstation für ihn war, denn er wollte weiter nach Venedig, wo er für ein paar Wochen zu bleiben vorhatte, um zu schreiben. Das Schiff, es hörte auf den wenig passenden Namen *Speranza*, war desolat, das Essen kaum genießbar, die Kabine dreckig. Achtern, wo abends eine Tanzunterhaltung stattgefunden hatte, fiel ihm am nächsten Morgen der erste Satz zu seinem Roman ein, den er dann beinah unverändert in die erste Maschinenschrift übernahm und der ihm jetzt, in seiner Vereinzelung, großartig und lächerlich zugleich vorkam: „Mit Daimler, seinem unmittelbaren Vorgesetzten, hatte sich Torberg, der Machtverhältnisse nie anzweifelte, nur oberflächlich und als wär's bloß zum Spiel gut gestanden." Er wollte das später dahin ausführen, daß Torberg, der Held, stets einen Weg an der Macht vorbei suchte, ihr auszuweichen suchte oder, besser, sich einen Standpunkt verschaffen wollte, von dem aus die früher drohende Macht, unversehrt, belanglos wurde. Aber er gab diese Überlegungen gleich auf, es ist zu unverbindlich, sagte er sich, zu früh.

Weil der Tag still und diesig war, hing die Fahne der *Speranza* lustlos von der Stange. Im violetten Dunst, der den weiten Raum über dem Meer wie das geräumige Innere einer aufgeklappten Muschel erscheinen ließ, standen rosig von der Sonne beschienene Wolken, die in ihrer Starrheit an menschenverlassene Küsten erinnerten.

In welcher Firma, in welcher Branche soll er denn arbeiten, dieser Torberg? War der Name überhaupt endgültig? In welcher Stellung? — Sein Verstand griff zu und hantelte sich emsig weiter. Wenn ein Verstand Gliedmaßen hätte, wäre es passend zu sagen, daß S. wie eine Ameise auf dem ersten Satz herumkletterte: denn ringsherum war es leer, und im Herumklettern wurde der Satz unter den Beinchen größer. — Einer von der Reisegruppe hatte ihn angeredet, doch S. hatte es überhört. „Sie gehen ja herum wie verzaubert", meinte der andere, ein biederer Vielfraß und Kettenraucher in speckigem Sakko mit Ausschlaghemd, der beim Atmen qualvoll japste; er legte S. den Zeigefinger an die Brust und schaute ihm breit grinsend ins Gesicht: „Ich halte mich an getrocknete Feigen — wegen der Seekrankheit, wissen Sie."

In Triest zerstreute sich die Reisegruppe, und ungern sah S. seine bisherigen Begleiter davongehen. Nicht daß er sich besonders gut mit ihnen verstanden hätte: Er war sich wie ein Kuckucksei vorgekommen. Sie verschwanden in der Tiefe eines Platzes, hinter anderen Passanten, die vorübergingen. Jetzt war er wieder allein.

Dir bleibt jedenfalls noch genug, verspottete S. sich selber, als er, den Koffer neben sich, im Bus saß, der ihn zum Bahnhof bringen sollte, und aus dem Fenster schaute: Was er sah, waren in der Hauptsache mächtige Gründerzeitpaläste, mit Fenstergiebeln und Attiken geschmückt, mit Säulen und Herkulesfiguren, die rundumlaufende Balkons trugen, Piers, die sich geradewegs ins unruhig, hell und grau die Bucht erfüllende Meer wegstreckten, Straßen, die eng und finster in die Tiefe der Stadtmasse führten, hinten vielleicht für einen Augenschlag die Ahnung von Grün und Felsen, von Gebirgen, Plätze, auf denen eben Markt war; der altertümliche Bahnhof zuletzt, auf dessen Vorplatz, rund um einen Park mit ein paar Bänken und traurigen Bäumen, der Verkehr wimmelte.

Mittags schnurrte sein Zug schon durch die fruchtreiche, gartenähnliche Ebene, Richtung Venedig, deren saftstrotzende Kukuruzfelder von den Schatten großer Wolken gefleckt waren. Einzelne Pappeln darin, die wie die Stäbe überdimensionierter Sonnenuhren aussahen.

Die breiten Stufen der Santa-Lucia-Station heruntersteigend, durfte er sich sagen: Das ist jetzt ein anderes Leben! — In der Tat, gibt es einen festlicheren, heitereren, alle Sinne mehr ansprechenden Raum als den Canal Grande, mit seinem Boden aus grünem, schwankendem Wasser, den gold- und mosaikverzierten Ziegelwänden der Palazzi, die in einen lebhaft blauen, von Wolken geschmückten Himmel aufragen?

S. fuhr zu seinem Lieblingshotel, in Richtung San Marco.

In der Drehtür am Eingang stieß er mit einem untersetzten, übertrieben modisch gekleideten Herrn zusammen, der sich vielmals für sein Mißgeschick entschuldigte. „Aber ich bin Ihnen doch auf den Schuh getreten!" Der Herr stand lachend da, breitbeinig auf dem blanken Terrazzofußboden, und S. fragte sich schon, ob er wohl beschwipst war. Eine schlanke, brünette Frau, sie trug ein mit großen Blumen gemustertes, kurzes Kleid und hielt ein Täschchen in Händen, betrachtete den Vorfall irritiert, und sie lachte erst, als der Herr sich bückte, um mit dem Taschentuch seinen Schuh zu polieren, was, der Herr war um die Mitte ziemlich dick, freilich etwas komisch aussah. Schon wollte S., den Koffer hatte der Hoteldiener bereits fortgeschafft, zum Empfang hinübergehen, um sich einzutragen, der Chef hatte ihn erkannt und war, sich aufrichtend, hinter seinem Pult hervorgetreten, da faßte ihn der Dicke leicht am Ärmel und sagte rasch: „Hätten Sie nicht Lust, in, sagen wir, einer dreiviertel Stunde, einen Schnaps mit uns zu trinken? Hier, in der Bar. Als Wiedergutmachung?!" Er schaute S. mit schiefgelegtem Kopf und breit lächelnd an. Wäre nicht der Blick aus seinen Augen dabei starr und vielleicht sogar flehend gewesen, S. hätte glauben müssen, der andere wollte sich über ihn lustig machen. Die Frau, die aus ein paar Schritt Entfernung abwartend zugeschaut hatte, entschied es schließlich, indem sie zögernd herantrat. „Also gut", sagte S., ein wenig unwillig, „auf bald!"

Im Zimmer räumte er ein paar Sachen in den Kasten, spielte mit seinen Schreibsachen herum, duschte und schaute dann, ehe er sich wieder anzog, durch einen Spalt des angelehnten Fensters zur Kuppel der Salute-Kirche hin, die seinem Zimmer gerade gegenüber, jenseits des Kanals, lag. Von hier aus betrachtet, sah sie etwa wie der weiche, graue Bauch einer Schwangeren aus. Oder wie ein Ei. Oder wie eine silberne Kugel. – Er würde den ganzen Tag Licht von vorne haben, allerdings von hoch oben her einfallend. Sollte er sich mit dem Rücken zum Fenster setzen? Sollte er trachten, die Kuppel beim Schreiben vor Augen zu haben? – Er beugte sich hinaus und sah unten den auf dem Kanal schwimmenden Ponton mit den weißen Tischchen, wo die Kellner im Moment beschäftigungslos, die Hände auf dem Rücken verschränkt, herumstanden. Der Schattensaum vis-à-vis, den die bunt gestrichenen Häuser auf den Kanal warfen, war freilich noch schmal.

Als er in der Halle den Schlüssel abgab, fragte er

den Chef, der über seine Bücher gebeugt schrieb, nach dem Herrn, worauf der, ohne aufzusehen, einfach antwortete: „Das ist der Herr Beyer aus Deutschland. Er arbeitet in der Auto-Branche."

„Mein Gott, da sind Sie ja der freieste Mann von der Welt! Im Vergleich zu Ihnen ist unsereiner doch nur ein kleines Licht." — Beyer, das Gesicht von Essen und Trinken gerötet, strahlte S. mit seinen graublauen Augen an. Er lachte wiehernd. Zum Abschluß strich er sein dünnes blondes Haar mit der Hand zurück und faßte mit dem freien Arm seine Frau fester um die Schultern. Sie hatte sich in seinen Arm gelehnt und schien nicht mehr zuzuhören. Es war nicht bei dem ersten Drink geblieben. S. kannte derartige Einladungen. Beyers Khakianzug war total verdrückt. In der Bar hatte es mit Cocktails angefangen. Dann waren sie auf den Ponton gewechselt, um Wein zu trinken. Die Frau hatte ebenfalls mitgehalten. Der Ponton und die Aussicht, die er bot, hatten dem Mann Gelegenheit gegeben, allerhand über Schiffsmotoren und andere Hochseeausrüstung zu erzählen, denn seine Firma hatte ihre Finger auch in der Sparte. Die Frau war ihm, S., nun nicht mehr so hübsch vorgekommen wie auf den ersten Blick: Ihre Miene war etwas verdrießlich, die pausbackigen Wangen schienen aufgedunsen, und das Haar, in einer Rolle um den Kopf gelegt, hing an einer Stelle unordentlich herunter. Man unterhielt sich über alles mögliche. — „Was, von Albanien kommen Sie her? Wir waren in Rom." —, über Kommunismus, die USA, das Weltwirtschaftssystem — über den Bau der vorbeifahrenden Gondeln schließlich. Beyer bestritt den Großteil der Unterhaltung, er redete, gestikulierte, während die Frau nur durch einen Einwand dann und wann, durch ein einstudiert wirkendes Lächeln, verriet, daß sie überhaupt folgte.

„Also, Schriftsteller sind Sie?!" hatte sie etwa vorhin noch gefragt, man saß mittlerweile in einem Restaurant unweit des Hotels, die Lampen waren angezündet worden, auf dem Tisch vor ihnen standen die schmutzigen Teller voller Muschelschalen und ausgepreßter Zitronenscheibchen, fern über eine Brücke sah man undeutlich die Umrisse von Leuten gehen, die eben noch als Familie mit widersetzlichen, nachgezogenen Kindern vorübergekommen waren: und S. begann sich klar zu werden, daß er immer noch dasaß. Er saß da wie angeleimt. Er hatte sich doch schon in der Bar verabschieden wollen, dann auf dem Ponton. Bestimmt. Aber da war Beyer beinahe rücklings ins Wasser gestürzt, war er gestolpert oder hatte der Ponton so stark geschwankt, die Frau und er, S., hatten ihn aufgefangen und scherzend in die hellerleuchtete Halle hineingeführt: und natürlich war das Grund genug gewesen, den Abend fortzusetzen.

„Sie machen sich leider ganz falsche Vorstellungen", sagte S. und starrte an den Rand seines Glases, „Schriftsteller? — Ich bin doch nur Lieferant einer Industrie, eine Art Alleinunterhalter; eine Glamourfigur, wenn Sie so wollen." Er hob die Hände. „Da untertreiben Sie aber gewaltig", meinte Beyer trocken, „er hat keine Ahnung vom Leben, nicht wahr, Schatz", fuhr er, zu seiner Frau gewandt, fort, „er weiß gar nicht, wie das ist." Die Frau langte nach einer Weintraube, die auf dem Tisch lag, ließ sie aber gleich wieder aus und schmiegte sich, als sei ihr plötzlich kalt geworden, in den Arm ihres Mannes.

„Und was schreiben Sie jetzt?"

Die längste Zeit schon hatte S. gefürchtet, daß diese Frage nun bald kommen würde. Er mußte sich nämlich zugeben, daß er seit längerem, seit Monaten schon, zwischen verschiedenen Projekten und Ideen hin- und herschwankte und sich zu nichts durchringen konnte. Wie er mit einer Sache anfing, hörte er auch wieder auf: ohne Interesse. Er bedauerte nicht einmal. Und der neue Einfall, der neue Plan? Von dem wollte er nicht reden, sei es, weil er den Gegenstand für unpassend hielt, wer redet schon gern über einen Mann, der sterben will, oder weil er die paar Anhaltspunkte, die er hatte, nicht gleich wieder zerreden wollte. Er machte also einen Witz: „Lesen Sie gerne Krimis?"

„Er schreibt Krimis, hast du gehört", rief da Beyer und bohrte seiner Frau den Zeigefinger in die Seite, „da macht er sicher jede Menge Geld."

„Nein, eigentlich keinen richtigen Krimi", stellte S. richtig, er war fast erschrocken, „es soll ein Roman sein, in dem jemand auf der Suche nach etwas ist, auf der Suche – inständig: als suchte er die Wahrheit."

„Dann ist er verrückt", sagte Beyer.

Im Zimmer angekommen, fühlte S. sich erledigt. Er schob es auf die Reise. „Wir wohnen in Frankfurt!" ging es ihm durch den Kopf. In einer Villa wahrscheinlich. Er beugte sich über die Muschel, obwohl er wußte, daß er nicht würde erbrechen können. Die Kirchenkuppel und der mächtige Schatten, den sie und die Häuser auf den Kanal und den Kirchenvorplatz warfen, setzten sich dunkelblau gegen einen tiefvioletten, ganz flachen Himmel ab, auf dem verschwommen Sterne und Mond hingezeichnet waren. Im Bus, in Triest, war er unter anderen Fahrgästen zwei kleinen Mädchen begegnet, die sich um eine mit Mondsicheln und Sternen bemalte Tüte gestritten hatten.

„Die Ärzte erklären, die Knoten vergrößern sich. Ich habe gar nicht gewußt, daß wir solche Knoten haben. Aber wir wissen ja das Wenigste über uns, nicht wahr. Über alles andere wissen wir besser Bescheid als über uns. Eine Zeitfrage! Außen bestehen diese Knoten aus faserigem Gewebe, innen sind sie hohl. Du mußt dir hohle Kugeln vorstellen. Diese Kugeln sind durch Gefäße miteinander verbunden, und in diesen Gefäßen wird eine Flüssigkeit transportiert – sie soll farblos bis gelblich sein, nicht dünnflüssig, sondern etwas klebrig: ein kostbares Fluid!" – Beyer saß S. gegenüber und redete. In den Händen hielt er eine Serviette, mit der er ab und zu in die Luft fuhr. Er hatte S. in der Früh gleich in der Halle abgefangen und ihn ein paar Gassen weiter in einen Ausschank manövriert. Offensichtlich war er da nicht unbekannt, der Wirt brachte auf seinen Wink gleich eine doppelte Julia. „Sie auch? Nein. Kaffee?" Beyer wirkte ausgeschlafen, doch zugleich wie durchgefroren, als hätte er auf einer Parkbank genächtigt, in irgendeiner Bahnhofshalle. Der Bartanflug auf seinen Wangen sah andererseits angeberhaft, wie bei einem dieser Filmstars, aus. Hinter ihm hing eine Bierreklame an der Wand, die eine vollbusige Blondine mit einer Matrosenmütze zeigte.

„Jeder Mensch hat viele dieser Knoten im Körper. Das gehört zu unserer Ausrüstung. Aber für gewöhnlich . . . Bei mir vergrößern sich diese Knoten. Und zwar rapide! Und wenn die Ärzte sie nicht wieder unter Kontrolle bekommen, muß ich sterben."

„Entschuldigung: Aber weshalb erzählen Sie mir das alles?"

„Weil ich Sie nicht kenne!" Einen Moment blickte Beyer S. vorwurfsvoll, aber nicht ungehalten an; dann lächelte er, sein Blick wandelte sich, er schaute S. tief in die Augen und murmelte dabei etwas von Vertrauen. Aber das war selbst ihm zuviel. Er senkte den Kopf und ließ einen langen Monolog los. Vor S.' Blicken schien Beyer kleiner und kleiner zu werden und in Tisch, Wand, Boden und Sessel hineinzuverschwinden. Die Registrierkasse klingelte laut, ständig trat Kundschaft auf einen Morgentrunk oder einen Kaffee in die Kneipe, und nur dieses gleichartige, objektive Klingeln schien S. noch die Welt zusammenzuhalten. Beyer redete in einen Raum hinein, der riesengroß war und den er mit seinen Worten nicht einmal andeutungsweise würde ausmessen können. Plötzlich warf er einen Blick auf seine Armbanduhr: „Gehen wir. Sie wird schon warten. Wir müssen uns eilen." Auf der Straße fand Beyer, nun wie ausgewechselt, rasch zu seiner Form vom Vorabend zurück, und er war weit davon entfernt, S. zu duzen, als er sagte: „Nehmen Sie mir's nicht übel" — er ergriff mit einer für ihn charakteristischen Geste S. am Arm — „Ihr Faible für den Sozialismus habe ich Ihnen keine Minute abgenommen. Sie haben ganz andere Sorgen."

Es war Mariannes Idee gewesen, Marianne, so hieß die Frau, nach dem Kaffee eine Vergnügungsfahrt zu den Inseln zu unternehmen, und sie hatte darauf bestanden, den großen Dampfer zu nehmen, der von den Fondamente Nouve abgeht und über San Michele, Murano, Burano und weiter bis nach Torcello fährt.

S. und Beyer waren nach dem Einsteigen gleich unten stehengeblieben. Beyer und die Frau redeten überhaupt kaum miteinander und schienen einander aus dem Weg zu gehen. Dem Anschein nach schaute S. dem Matrosen zu, der an jedem Halt gleichmütig das Seil um den Poller warf, wo es sich durch das Beidrehen des Schiffes jaulend spannte, worauf der Matrose das Gitter zurückschob, die Treppe über den Spalt warf. In Wirklichkeit beobachtete er Beyer, der im Schatten an der Kabine lehnte und zu den Fahrscheinen hinstarrte, die, von den Passagieren fortgeworfen, auf den Bohlen tanzten.

Marianne stand mit ihrem Schal auf dem Oberdeck an der Reling und schaute gedankenverloren voraus.

Her zu mir aus Kreta, zu diesem Tempelheiligtum, worin dich entzückt der Hain von Apfelbäumen, und die Altäre Weihrauchwolken verdampfen, las S. im Bett in einem Taschenbuch. Drinnen Wasser, kühles Gerausch durch Apfelzweige, und die Rosen sind allerorten schattenreich, von zitternden Blättern kommt der Schlummer hernieder, herrlich!

„Ich weiß wirklich nicht weiter. Ich weiß nicht, was tun." Torbergs Stimme war leise, aber Daimlers Büro hatte eine gute Akustik. Torberg saß vorgebeugt im Besucherstuhl vor Daimlers Schreibtisch, in dessen Büro, in dem es trotz der Panoramafenster, die sich zum Hafen hin öffneten, dunkel war: dichtes Wolkengeschiebe am Himmel, gerade vor der Sonne hatte sich ein besonders mächtiger Hügel aufgebaut; es war Herbst, und auch der übrige Himmel war grau und fast lichtlos. Torberg war dankbar für die Dunkelheit. Er saß, die Arme aufgestützt, die Hände zwischen die Knie gesteckt, da und schaute vor sich hin. Obwohl er und Daimler in all diesen Jahren, in denen sie miteinander gearbeitet hatten, einander fremd, kalt, ja mit fast höhnischer Mißgunst gegenübergestanden waren, empfand Torberg nun sein Dasitzen nicht als peinlich; nicht einmal als unpassend. Er hatte verloren. Er saß da wie ein Schüler vor seinem Lehrer; vertrauensvoll. Seine Verzweiflung hatte ihn den Menschen nähergebracht, das heißt, er erwartete nur Gutes von ihnen, und es war ihm fast, als hätte er jetzt ein Anrecht darauf: Etwa wenn er mit frischen Befunden über die Betonbrücke zwischen den medizinischen Instituten ging, und die Leute ihm entgegenkamen. – In ehrlicheren Momenten gestand er sich ein, daß er bloß wehrlos war.

Beim Eintreten in Daimlers Büro, das er doch so gut kannte – so gut, ja, wie? Ihm fiel kein passender Vergleich ein, nichts, nichts –, beim Eintreten in Daimlers solid getäfeltes, mit einem bunten, modernen Teppich und leichten Alumöbeln ausgestattetes Büro war ihm einen Moment lang unheimlich gewesen: Er hatte das Gefühl gehabt, hinter sich selber herzugehen. So muß es bei Hinrichtungen sein. Aber da war dann Daimler! – Das feiste, sonnengebräunte Gesicht vor dem schweren Körper, rechts und links die silbern schimmernden Koteletten, die Arme auf den Tisch gestemmt, so hatte Daimler ihm entgegengeschaut und -gelächelt, mit offenen Augen – dann hatte er sich geräuspert. Eine Spur von Grausamkeit, die er da in dem Gesicht noch entdecken wollte, war wohl hineinphantasiert.

Die dienstliche Beziehung zwischen Daimler und

Torberg war so: Daimler war Torbergs Vorgesetzter, und er leitete zugleich auch die Firma, für die Torberg arbeitete. Als Firmenchef war Daimler aber nicht unabhängig, sondern, was die Bilanz und andere heikle Dinge betraf, der Muttergesellschaft verpflichtet. Wenn er auch bei jeder Gelegenheit behauptete: „Wir haben unsere eigene Firmenphilosophie!", erschien seine Tätigkeit im Verhältnis zum Vorstand der Muttergesellschaft oft als bloße Durchführung von Vorgaben. Gesellschaftsrechtlich war die Mutual mbH zwar, wie der Name sagt, GesmbH und Daimler ihr alleinhaftender Geschäftsführer, was aber den Inhalt der von ihr getätigten Geschäfte anlangte – meist Kommissionsgeschäfte, Ein- und Verkauf im großen Stil –, hätte man sie gut und gern für eine Unterdivision der EISENFAUST AG halten können: Geschäfte für andere Auftraggeber wurden kaum getätigt. Daimler wollte sich gern unabhängig fühlen, aber er war es nicht. – Faktura-Adresse für die in Hamburg ansässige Mutual war Linthal im Schweizer Kanton Glarus, genauer gesagt, bei größeren Abschlüssen mußte zusätzlich die Linthaler Gesellschaft kontaktiert werden, und dann wurde entschieden, wohin zu fakturieren war. Die EISENFAUST in Frankfurt war nach Aktienrecht organisiert, ebenso wie die Linthaler Gesellschaft. Betätigungsfeld der Firmen war die Schwerindustrie. Durch all diese Verflechtungen und Verzahnungen entstand eine gewisse Unübersichtlichkeit. Öfter kamen Impulse für ein Geschäft via Frankfurt von der Linthaler, etwa so, daß ein paar

Schiffsladungen Asbest oder Sisal zu kaufen waren: Sie hatten der Linthaler gehört oder einer ihrer Unterfirmen, die wieder Niederlassungen in zahlreichen Ländern der Erde hatten. Für wen er letztlich arbeitete? Torberg war Leiter einer Einkaufs-Abteilung, die zwischen vierzig und sechzig Mitarbeiter beschäftigte und ihrerseits wieder in Büros und Projektgruppen organisiert war.

„Wie stellen Sie sich das vor? Wie soll ich Ihnen helfen. Beim besten Willen, ich wüßte nicht, wie", sagte Daimler: „Ich kann mich nicht vor Sie stellen. Da würde ja bald jeder kommen. Aber vielleicht reden Sie noch einmal mit Ihrer Frau. Ich verlasse mich auf Sie, Torberg! Sie finden doch immer einen Weg."

Er war in die Toilette gegangen, um ein Medikament einzunehmen. Als er sich zur Waschmuschel niederbeugte, erhaschte er im Spiegel den Blick seiner Augen: warm, feucht, und zugleich wie von innen her brennend. So sehen Karnickelaugen manchmal aus, von Riesenkarnickeln. Woher kannte er die? Aus einem Garten seiner Kindheit? Seine Augen strahlten hoffnungsvoll auf. Er versuchte, indes er sich den kalten Wasserstrahl über die Hände rinnen ließ, ein aufmunterndes Lächeln, aber sein Gesicht gehorchte nicht recht, die Muskeln waren wie erstarrt.

Rasieren hätte auch nicht geschadet!

Die Firma Torbergs war in einem kleinen, annähernd würfelförmigen Hochhaus aus den siebziger Jahren untergebracht, mit seinem gleichförmigen Fensterraster aus Betonrippen wirkte es ein wenig wie ein Käfig; frei zwischen einzelnen Bäumen und Rasenbeeten stehend, schaute es von der Geländestufe zum Hafen mit den Schiffen und Speicherhäusern hinunter, die jetzt, letztere, zu Nobelwohnungen und Lofts umgebaut wurden. Torberg nahm den gewöhnlichen Weg zum Rödingsmarkt, entschied sich aber dann, nicht mit der U-Bahn zu fahren. Trotz des schlechten Wetters lagerten wie üblich die Obdachlosen an dem Kanal vor dem Arbeitsamt. Sie saßen, in Gruppen, als schwarze Inseln beisammen oder lagen allein für sich, jammernd und grölend, auf dem mit Grasbüscheln bestandenen Hang zum Wasser. Am Wall fühlte Torberg sich noch wohl, aber in der Mönckebergstraße, zwischen den vielen Menschen da zur Stoßzeit, zwischen den großen Auslagen der Kaufhäuser, wo auch wieder, als angekleidete Puppen, Menschen standen — und trotz seiner neuen Menschenliebe konnte er mit all diesen Leuten nichts anfangen, und über alledem wehte, dicht an dicht, ein Plafond von Papierwimpeln, die irgend etwas anpriesen —, da war es Torberg, als würde er mit glühenden Messern überfallen und in die Leisten gestochen, seine Blase verkrampfte sich, er griff sich mit beiden Händen ans Herz und drückte die Brust unter dem Hemd mit den Handballen wie wahnsinnig zusammen: Sein Gesicht, das wußte er, wurde schrecklich weiß, der Mund stand sperrangelweit offen, und er torkelte in den Spalt zwischen zwei Frittenbuden hinein, die, zusammen mit einem Ringelspiel und zwei Schießbuden in der kleinen Grünanlage da Jahrmarktszauber verbreiten sollten.

Mitten in der Menge, im Gedränge dieses trüben Frühherbstnachmittages, einige Leute trugen schon Mäntel, während ein paar junge Leute noch in leichten Pullovern gingen und auf ihren Skatebrettern vorbeiflitzten, im Gedränge vor einem Jahrmarktsorchestrion, überfiel Torberg der Schmerz: Erst fuhr es als ein Schauer von kurzen, kühlen, leuchtenden Blitzen aus seinen Leistenbeugen herauf, die Blitze fielen dichter und schlossen sich zu dicken elektrischen Schlangen zusammen, die sich, zu einer Musik — aus dem Orchestrion — nur tausendmal verstärkt, in seinem Körper bäumten. Dann krochen sie fort, aber nur, um einem stillen Brennen Platz zu machen, das prasselnd wurde, ihm den Blick vollständig nahm, farbloses, reines Zischen unter der Schädeldecke war, die sich weitete und davonflog.

Auf dem Ponton vor dem Atlantic Hotel bestieg Torberg das kleine Schiff, das hier auf der Seefläche als gewöhnliches Verkehrsmittel — wie eine Straßenbahn etwa — dient. Glücklich wie ein Kind hörte Torberg das Bimmeln der Glocke, mit dem die Abfahrt verkündet wurde. Der Himmel war jetzt, es ging auf sechs Uhr zu, noch relativ hell, das Wasser der Alster dagegen schwarz oder bitumenfarben, mit kleinen seidiggrauen Flecken darauf. Ganz fern, über den

Wohnhochhäusern von Barmbek/Wandsbek, standen ein paar Wolken, wie verwaschen und zerfranst, im Abendlicht. Die Glocke bimmelte, und der Klang erfüllte ihn, als wäre es die schönste Musik. Die Wellen liefen ölig vom Schiffsrumpf weg. Da und dort ein Licht in den Bootshäusern am Ufer. Es ging heimwärts. Wohnlich erglänzte das Lampenlicht auf den Messingklinken und Haltestangen der Schiffskabine. Plötzlich fiel ihm Daimler ein, und er wollte sich schon an den herauftauchenden Felsen des Hasses festhalten, ließ es aber sein, weil er sich zu schwach fühlte. Der Haß war gar nicht heiß, sondern fühlte sich eher wie altes bröckliges Eis an. Im Zergehen sahen die Haßberge gar wie Blumen oder Körbe voll bunter Muscheln aus.

Als Torberg eben dabei war, seinen Staubmantel in die Garderobe zu hängen, trat ihm seine Frau aus dem Gang, der rechts zum Salon, links zum Speisezimmer und zur Terrasse führte, entgegen. „Ich war gerade im Garten!" Sie stand aufrecht da, die Arme über der Brust verschränkt, und schaute ihn neugierig an. Dabei hielt sie eine rote Rose in der Hand, die sie wohl draußen von einem der Stöcke geschnitten hatte. Er empfand der Frau gegenüber fast augenblicklich jenes spezifische Unterlegenheitsgefühl, das er früher einmal als betörend eingestuft hätte. Jetzt war es ihm nur noch peinlich, zu sehen, wie die Frau auf das Auftauchen dieser Stimmung wartete. Sie hatte ein gewinnendes Lächeln aufgesetzt. – Die Frau hatte eine gute Figur, war weder groß noch klein, ihr Gesicht war vor Aufregung ein wenig blasser als sonst, das an sich runde, durch die Kleinheit des Kinns irgendwie lustig und fast kindlich geformte Gesicht sah streng und angestrengt aus, ihr nach hinten gekämmtes rotbraunes Haar leuchtete. Wie oft hatte er ihr schon gesagt, laß dir eine andere Frisur machen?! Ihre Augen waren grün, so stand es im Paß, der Blick war meist verträumt und verschlossen, auch wenn er auf irgendein Möbel gerichtet war. Sie konnte aber auch einladend und süß schauen, zu süß sogar, wie eben jetzt. Man hatte dann den Eindruck, durch die Pupille, oder auch durch die ganze Regenbogenhaut, die unter dem eigenen Blick in kleine Splitter oder Glasfasern auseinanderfiel, in das angenehm temperierte Innere dieses Kopfes einsteigen zu können, in die Gedanken hinein, die aus einem phantastischen, harten, kantigen, von köstlichen Perlen überronnenen Stoff waren — als wären es Felsbrocken, die fliegen gelernt haben —, und selbst hinter die Gedanken noch, in einen leeren, von goldenen Schemen durchschwebten Abgrund.

„Wie war's denn mit Daimler? Was hat er gesagt?" — Nachdem sie ihm die Arme um den Hals gelegt und ihn geküßt hatte, machte sie kehrt und ging den Flur hinunter zum Salon.

„Alles bestens!" rief Torberg laut und bückte sich nach dem Poliertuch, um sich rasch über die staubigen Schuhe zu fahren. „Daimler war mit meinen Vorschlägen vollkommen einverstanden", rief er der

Frau nach, „vollkommen! – Er hat auch von dir geredet. Er läßt dich herzlich grüßen."

Die Frau stand vor der großen, dunklen Glasscheibe zum Garten, hell in ihrem hellen Kleid, und spielte mit ihrer Halskette.

„Das glaube ich einfach nicht", sagte sie und fixierte Torberg, der hereingetreten war. Weil ihm nichts Besseres einfiel, hob er die Schultern, ließ sie wieder sinken und sagte dann einfach: „Es ist auch nicht wahr."

„Fehlt nur noch, daß du jetzt zu Handauflegern und Gesundbeterinnen gehst!" Ein Haar hatte sich an der Frisur der Frau gelöst und hing jetzt neben dem Ohr herunter.

„Du hast recht", sagte Torberg, was war da sonst zu sagen, und ging in der mächtigen Stille, die plötzlich eingetreten war, in den Flur hinaus, nahm seinen Mantel und trat aus dem Haus, wo sich, in der menschenleeren Alleestraße, undeutlich die Äste über den parkenden Autos wölbten.

In seinem Büro auf- und abgehend, hörte Torberg der Melodie zu, die seine Schuhe auf dem Nylonboden erzeugten. Am Dammtor war ihm diesmal das monumentale Denkmal für die Opfer des Bombenkrieges aufgefallen, mit seinen riesigen, niederstürzenden Steinquadern. „Wieviel Geld werde ich haben? Pro Monat?" Er war gut versichert. Vermögensbildung! Er lächelte. Vor ihm, aus dem nächtlichen Hafengelände, der ausgebreiteten Docklandschaft mit ihren beleuchteten Kränen, Förderbändern und Elevatoren drang an manchen Stellen greller, gelbroter Schein. Dort wird geschweißt oder geschmiedet. Wer weiß, verbrennen die auch Abfälle. Einerseits fürchtete sich Torberg, andererseits kribbelte es ihn in den Fingerspitzen vor Tatendrang. Es juckte. Am Kanal neben dem Rathaus war er lange gestanden und hatte in die aufgeregten, schmutzigen Wasser geschaut, die sich vor der Schleuse aufgestaut hatten. Kreise!

Weiter wußte S. im Augenblick mit seinem Roman nicht. Torberg sollte noch die Kladden mit dem zu Erledigenden aus dem Schreibtisch nehmen und für die Leiter der verschiedenen Büros und Gruppen Direktiven auf einen Zettel schreiben. Fest stand nur soviel, daß Torberg weder in sein Büro, noch in sein Haus zurückkehren sollte: „Auf der Straße blinkten die Sterne vom kahlen Himmel. Die Plätze erschienen Torberg viel größer als tagsüber, die Straßen geräumiger. Wie gern hätte Torberg einen der Passanten angeredet!" – S. hatte konsequent gearbeitet, ihm kam vor, daß er alles, insbesondere seinen Helden Torberg, deutlich vor sich sah. Dazu hatte er eine Reihe von Varianten und wegführenden Handlungssträngen entworfen. – Morgens wusch er sich auf dem Gang, in einem Gemeinschaftsbad. Sein Schreibtisch stand am Fenster vorn, ein kleiner, ehemals polierter, verbrauchter Holztisch mit gedrechselten Beinen; S. hatte die Fenster bis auf einen Spalt mit Zeitungspapier verklebt, weil ihm die Aussicht nicht gefiel. Plüschgardinen. Auf dem Schreibtisch: die Maschine, Mappen, Zettel, Ablaufskizzen, Notizbücher, Bleistifte, ein batteriebetriebener, kleiner Reisewekker.

Durch den Spalt sah S. auf eine gewöhnliche, mittelmäßig belebte Straße hinunter, eine ziegelrote, abbröckelnde Hausfassade, ein schwarzes Geländer, Wellen, Randstein, Ziegelsteinpflaster. — Mittlerweile lebte er in Amsterdam, er hatte gewechselt, weil er sich von dem Umstand, daß er sich so in der Nähe des Schauplatzes seiner Geschichte aufhielt — und doch nicht da —, einen Vorteil erhoffte. Jetzt war Herbst. S. wollte nicht allzu lang bleiben, deshalb stand kaum Persönliches in seinem Zimmer: Da war das Klappbett mit der Überwurfdecke, ein alter Schrank, ein Kleiderständer, ein Bild über dem Bett, das ein Schiff in voller Fahrt zeigte. Handelsvertreter als Nachbarn. S. war ein solches Leben gewöhnt. Mit der Arbeit war er leidlich zufrieden: Manchmal hatte er einen bitteren Geschmack nach Blut im Mund, wenn er vom Schreiben aufstand. Seine Stimmung war, wie immer in solchen Zeiten, für ihn selber schwer zu durchschauen; bald heiter, dann wieder bedrückt. Er hütete sich, mit der Stadt in Kontakt zu kommen, freute sich, wenn ihm etwas gelang, und ging jeder Bekanntschaft ängstlich aus dem Weg. War er müde, machte er einen Spaziergang in den Vondel-Park oder über die Plätze bis zum Concertgebouw-Gebäude mit der goldenen Leier. Oder er fuhr zu den aufgelassenen Friedhöfen vor die Stadt hinaus, wo er ungestört zwischen den schief aus dem Morast ragenden Stelen spazieren konnte: ehemalige Judenfriedhöfe. Manchmal läutete das Telefon im Parterre und die Zimmervermieterin rief über die Treppen seinen Namen herauf. Am Apparat war dann der Verleger, aus Frankfurt, der nachfragte, wie es denn ginge: Er meinte damit natürlich nicht die Gesundheit oder Verfassung von S., sondern nur die Stärke des Manuskripts. S. machte mühsam ein paar Scherze und speiste den Mann mit Versprechungen ab. Daimler war nach dem Verleger gezeichnet.

An der Ecke, dem Hotel schräg gegenüber, gab es ein Café, in dem S. zu Abend aß. Oft saß er stumpf und abgearbeitet in der Gaststube, vor dem Heizkörper, den man der Jahreszeit wegen schon aufgestellt hatte. Nachts füllte sich das Lokal mit Studenten, kleinen Angestellten, die eins über den Durst tranken oder kifften. Nach ein paar Gläsern Bier ging S. meist heim. Ausnahmsweise – zur Belohnung – machte er einen Abstecher in eine Bar, wo unter einer mit Spiegelplättchen beklebten Kugel, die im Licht funkelte, eine junge Schwarze tanzte, die von den Blicken der Männer, die das Publikum bildeten, halb aufgefressen wurde.

S. konnte seine Arbeit nicht mehr richtig vergessen und nur in einer Art von Bewußtlosigkeit fröhlich sein. – Er schritt über das harte, gelbliche Gras zwischen den Dämmen und freute sich am kalten, blauen Himmel oder daß im Schatten von Erlen Moorlachen glitzerten. Oder er setzte mit der Autofähre über die Bucht und lief durch die von Kindern wimmelnden Neubauviertel auf der Insel. Frachtschiffe von weither schwammen auf der Bucht, die von Wolkenschatten gesprenkelt und vom Wind wie von einer Gänsehaut überronnen war. Die Schiffe fuhren um die Insel herum. Winzige Flugzeuge zwischen treibenden Wolken; wohl nach Schiphol. — Blieb sein Blick an etwas haften und verfestigten sich seine Gedanken, sprang es gleich wie eine Feder in ein Uhrwerk ein, und er merkte, daß sich alles immer um das eine gedreht hatte: Paßt das in mein Buch?

Einmal hatte er sich verlaufen, und zu allem Überdruß verspürte er Stuhlandrang. Er hockte sich in einen Winkel an einer Gracht zwischen Staub und Taubenmist und drückte. Über die Brücke fuhren Lastautos.

Eines Tages läutete das Telefon, die Zimmervermieterin war nicht da, S. lief hin: „Ich will Ihnen gar nicht erst verraten, wie ich an Ihre Nummer geraten bin! Erkennen Sie meine Stimme?" — Es war *Beyer*, den S. schon beinah vergessen hatte. Er sitze hier in Amsterdam, erzählte Beyer mit heiserer Stimme, gar nicht weit weg, im Krasnapolsky. Eine Tagung der Stahlbranche, der Motorenindustrie; viel gesellschaftlicher Klimbim. — Ob er, S., Zeit habe, ihn zu treffen? „Ich will Sie bestimmt nicht von Ihrer Arbeit abhalten. Das bringe ich nicht übers Herz." — S. war von dem Anruf wenig begeistert. Überfälle, wie er das nannte, waren ihm ein Greuel, umso mehr, als die Arbeit am Roman momentan ein wenig stockte, und er ein bißchen kopflos und nervös durch die Stadt lief, dann heim, in das Zimmer, wo sich die vermeintlichen Einfälle wieder als Seifenblasen herausstellten und bei der Nachprüfung zerplatzten. Beyers Stimme klang komisch: S. war es, als hörte er den Froschkönig eines Theaters für Kinder reden. Aus Gewohnheit ging er auf den witzelnden Ton des anderen ein und sagte: „Lassen Sie schon einmal eine Flasche kaltstellen!"

Der Tag war ungewöhnlich warm, feine Lichtstrahlen bohrten sich durch den Dunst und ließen alles, das Wasser der Grachten, die Kleider der Passanten, die Autokarosserien, bunt ineinanderschwimmen. Unterwegs redete S. sich ein, daß er aus bloßer Neugier zugesagt hatte. Trotzdem spürte er sein Herz schlagen, und er schwitzte in den Händen. Weil er zu früh losgegangen war, trat er an eine Bude, in der Lose für die Dritte Welt verkauft wurden, aber er zog eine Niete. Über den Spuy-Platz; am Rokin hinauf.

Beyer kam auf dem dicken, roten Velourteppich schwankend auf ihn zu. Ein Hotelpage lief neben ihm her und achtete darauf, daß Beyer nicht umfiel.

„Hallo, hallo", rief er schon von weitem, aber erst, nachdem der Page ihm schnell etwas ins Ohr geflüstert hatte.

„Da staunen Sie, nicht wahr?!" sagte Beyer und hielt S. unsicher seine Hand hin. Der Page dirigierte sie durch die Halle ins Restaurant hinüber. Kaum daß sie Platz genommen hatten, verscheuchte ihn Beyer mit einer Handbewegung und fuhr sich mit der Hand über die Lippen.

„Ich freue mich sehr", wollte S. beginnen, aber Beyer schnitt ihm das Wort ab. — Beyers Gesicht, früher fett und gerötet, war nun eingefallen, grau und starr. Die Wangentaschen, die Beutel unter den Augen, der breite, herunterhängende Kehlsack: all das wirkte wie aus Pappmaché aufgetragen, und Beyer schien nur mit Mühe unter dieser Maskerade herauszureden. Die Haare fehlten fast gänzlich, machten keine Frisur mehr, der Kopf glich einem spitzen, sehr harten Ei.

Beyer kniff die Augen zusammen, in deren Ecken winzige Tränen standen. Er packte seinen Anzug mit der Hand an den Aufschlägen und zeigte S., wie der Anzug schlotterte. „Eine schöne Bescherung", meinte er.

Als der Kellner die Weinkarte brachte und Beyer darin wählte, sah S., daß allein die Hände von Beyer noch so aussahen wie in Venedig. Das anfängliche Entsetzen, das S. beim Anblick von Beyer ergriffen hatte und vor dem seine nur wie zum Spiel angenommene Wiedersehensfreude zerstoben war, hatte sich mittlerweile gelegt, und regloses Staunen hatte sich in S. ausgebreitet.

„Geschäftlich? Da steht es so gut wie nie. Ich glaube, ich kann Ihnen sagen, daß wir ganz toll im Rennen sind. Zuwächse allenthalben: in Europa, in Übersee, im Osten. Das ist natürlich nicht alles: Ich muß mich ordentlich ranhalten — der Board ist ganz auf meiner Seite! Schließlich bin ich nicht irgendwer. Erfolg ist zwar nicht alles, sehen Sie, aber ohne Erfolg kann man doch auch nicht leben. Und wenn jetzt manche behaupten, wir seien angeschlagen — ich rede jetzt von der Autobranche: die Japaner kommen — das ist Quatsch — ich hab da so meine eigene Philosophie! Schließlich sind wir doch die Erfinder von der ganzen Chose." — Beyer hatte sich in Fahrt und Schwung geredet. Auf seinen Backen erschienen kleine, rote Pusteln, es sah aus, als würde die Haut dort siebartig aufbrechen. „Eine Medikamentenallergie — das ist noch gar nichts! Ich nehme zehn bis zwölf verschiedene Medikamente pro Tag. Ich habe da eine Liste, warten Sie."

„Ach so." Das bezog sich auf Beyers Philosophie.

Beyer ließ S. kaum zu Wort kommen. Er sprach schnell. Sie saßen am großen Fenster zum Dam und steckten, wie man so sagt, die Köpfe zusammen. Der Saal war halbleer. Nach den ersten Gläsern bestellte Beyer ein aufwendiges Menü, von dem er selber kaum aß. Die kleinen Brenner des Speisenwärmers beleuchteten sein Gesicht von unten. „Wie geht es Ihrer Frau?" fragte S., der eben einen Bissen mit Schinken zum Mund führte. „Wir verstehen uns gut — wie immer", sagte Beyer und klopfte mit den Knöcheln auf den Tisch, „sie ist eine wunderbare Frau, das müssen Sie mir glauben." Er schenkte sein Glas voll. „Wir haben jede Menge Glück miteinander."

Eine Weile ging das Gespräch über einen philippinischen Wunderheiler, der Sandpackungen anwandte.

Beyer langte in seine Jackettasche und holte eine große Parfumflasche hervor. Er drehte sie vor den Augen von S.: „Das ist gutes, starkes Parfum. Aus Paris. Ich kann's brauchen. Moschus!" Beyer beugte sich verschwörerisch zu S. vor: „Sonst stinke ich."

„Sie machen es aus Testikeln."

Auf dem Dam drehten sich die Autobusse und die Autokolonnen im Kreis, die Menschen liefen; es war Stoßzeit. Der dunkle Hauptstrom der Passanten bewegte sich in Richtung Hauptbahnhof, über den Damrak zu den Vorortezügen. – „Und was macht Ihr Buch? Weiß Ihr Mann schon Bescheid?"

„Ah, da ist sie ja!" Beyer legte S. einen verknitterten Zettel mit der Auflistung der Medikamente neben den Teller mit den kalt gewordenen Speisen: S. hatte ein kleines, amphitheaterartiges Loch in das Püree hineingegraben.

Beyer bemühte sich, sein Stecktuch, das mit dem Ende herunterhing, wieder zurechtzurichten.

„Ich habe ja keine Freunde, das wissen Sie. In der Früh stehe ich oft vor dem Spiegel. Glauben Sie mir, mein Lieber, in der Früh weiß ich oft nicht, wie ich noch schauen soll! Ich stehe vor dem Spiegel und schaue hinein. Ich probiere: Soll ich so schauen – oder so. So? Das ist zu optimistisch! Das halte ich nicht durch. Oder so? Das ist ernst; zu ernst. Das ist übertrieben. Das halte ich nicht durch."

Da fühlte S., wie plötzlich Tränen aus seinen Augen traten und warm an den Wangen hinunterrannen. Natürlich wischte er sie gleich weg.

Gleich nachdem Beyer aus dem Speisesaal davongetorkelt war, tauchte Marianne auf. Hatte sie das ganze Zusammentreffen eingefädelt? Darüber sollte S. nie Klarheit erlangen; er sah Beyer nie wieder. Äußerlich selbstsicher dastehend, hatte die Frau sich suchend umgeschaut. Marianne. „In Venedig haben wir auch Muscheln gegessen", sagte sie, als sie an den Tisch am Fenster herantrat, sie deutete auf den Vorspeistenteller, den der Kellner übersehen hatte. Ihr halbes Lächeln erlosch erst, als sie S.' düstere Miene sah. Sie setzte sich und bestellte sich einen Cognac.

„Heute hatte er einen schlechten Tag", sagte sie, „viel zu viel zu tun. Aber jetzt liegt er schon im Bett."

Sie erzählte von Frankfurt und von ihrem Leben, wie Beyer die Telefonnummer der Pension herausbekommen hatte, und ähnliche Geschichten. Sie weinte dann ein bißchen. S. saß geistesabwesend da, wie betäubt, und um sich irgendwie zu rechtfertigen, als wäre das schon nötig gewesen und möglich, fragte er nach der Behandlung, die Beyer erhielt. Marianne trug ein blaues Kostüm mit runden, goldenen Knöpfen, die S. anstarrte. Sie nannte ihren Mann übrigens auch Beyer.

In der Dunkelheit ihres Zimmers schlang Marianne ihre Arme wild um S. „Sie werden mir helfen!" — S. war sich da nicht so sicher, er wußte nicht weiter.

Es kam ihm zwar abgeschmackt vor, und er hatte sich noch auf dem Flur geziert, Scham und ein windiger Ekel hatten rasch vorbeigeschaut, aber schließlich hatte ihn die Laune der Frau angesteckt, die Polster waren kühl, die Vereinigung lang und ausgiebig, sogar Innigkeit stellte sich zuletzt ein, Mattigkeit, die beseligend war. S. nahm die Frau, die mit zur Seite gedrehtem Kopf, mit steinerner Miene dalag, in die Arme. Es war noch gar nicht spät. Auf dem Dam draußen war das Kreisen des Verkehrs zwar aufgelöst, und statt des homogenen Menschenteppichs bewegten sich bloß Einzelne und lose Gruppen über die weite, gepflasterte Fläche, aber Nachtruhe war noch keine. Die Straßen glänzten dunkel von einem in der Zwischenzeit niedergegangenen Schauer. Noch sah man Regenschirme, vom Regen betropft.

Teile ausgeschiedener Handlungselemente, die S. in der Absicht verfaßt hatte, seinem Buch damit aufzuhelfen, um es für den Verkauf interessanter zu machen –

(„Was bin ich für ein Karnickel! Ich muß es schaffen!")

Olga Berislava, Entreprise Commerciale d'Etat, TEHNOEXPORT/BELGRADE, 5, rue Svetozarevo.

Vor vier Jahren waren die TEHNOEXPORT und die Mutual, über Linthal in Glarus/Schweiz, miteinander ins Geschäft gekommen. Da es ein Ostgeschäft war, hatte die Sache in Torbergs Abteilung gehört. Torberg war Ostspezialist, kannte die leergekauften Kaufhäuser von Warschau, die von Flugblättern überwehten Kais von Tallinn, die Cafés von Budapest, den Sadowaja-Ring von Moskau. Er kannte die Mentalität der Leute, wußte um die jeweilige Finanzlage Bescheid und darum, wie man große Außenstände zuletzt doch noch, mit Hilfe irgendwelcher Fonds, in Hartwährungsguthaben verwandeln konnte: Zuletzt war doch immer ein Geschäft zu machen: „Man arbeitet ein bißchen als Erpresser."

Groß und tatsächlich mandelförmig gebogen: Weiß. Das braungrüne Rad darin, goldenes Grün, besonnt; fast ebenholzschwarz bei Reflexion, aber mit winzigen, flimmernden Makeln: die Pupille. Groß und reglos, leuchtend, die Augen der Berislava. (S. hatte eine Visitenkarte auf der Straße gefunden: Olga Zadijska, Export-Import, Sofia.)

Sie saßen in einem Straßencafé, die Berislava ihm gegenüber, aufrecht, sie war vielleicht eine Handbreit kleiner als er, ihre Brust stand unter dem roten Pulli starr gegen ihn her, er schaute in ihre Augen, sah aber bloß die Umrahmung ihres Gesichts, die weich ineinandergelegten Locken ihrer Haare; und in diesem Rahmen, als wäre ein regnerischer Tag, wie ein Stück reinen Himmels, das kurz auftaucht und wieder verschwindet, ihre Augen. „Ich liebe dich", hatte er zu ihr gesagt, und obschon er die Routine dieses

Satzes als unernstes Kitzeln in seinen Backen gespürt hatte, war er erschrocken über das Dunkle, das Unbefristete, das Totale, das dieser Satz doch auch ausdrückte. Die Berislava saß vor ihm.

Dieses Bild der Berislava verband sich ihm später mit dem so ganz anders gearteten von brennenden Tankerriesen, die sich im Todeskampf auf die Seite legen und, während ihre Tanks das Öl in gewaltigen, zungenförmig sich ausbreitenden Lachen verströmen, Rauch ausstoßen.

Das Böse Geschäft, wie er es später nannte, hatte sich um einen großen Posten von Schaltelementen gedreht, wie sie speziell in Kommandobrücken und den Relais von Tankschiffen verwendet werden.

„Unsere Wirtschaft befindet sich seit Jahren auf Expansionskurs. Ein Ende des nun schon 30 Monate dauernden Aufschwungs ist nicht abzusehen. Da ein Boom in den letzten Jahrzehnten im Durchschnitt 35 Monate gedauert hat, stellt sich jetzt aber die Frage, ob wir am Ende eines kräftigen Aufschwungs stehen. Während vereinzelte Ökonomen die Frage bejahen, sind die meisten im Gegenteil überzeugt, daß das Wachstumstempo sich nur etwas verlangsamt hat, der Aufschwung aber noch während einiger Zeit weitergehen wird.

Ekstase?

Niedrigere Zinsen und stabile Erzeugerpreise haben in starkem Maß mit dazu beigetragen, daß in den vergangenen Jahren so kräftig investiert und die

Märkte so zügig ausgebaut wurden. Es gab in den letzten Jahren faktisch keine Teuerung, keine Arbeitslosigkeit, fast keine Inflation und mit bis gestern 2,5 Prozent stand der Diskontsatz auf einem absoluten Tief." – Zeitungsausriß.

(S. hatte jede Menge Kriminalromane gelesen, um sich inspirieren zu lassen.)

Torberg telefonierte von Ijmuiden in Holland aus. Rotterdam war der Reparatur- und Wartungshafen für die Tanker, dort wurden die Sensoren eingebaut. Er hatte das Stahlwerk, den Kanal, die Schlote und die riesige Schleuse vor sich, wo die Schiffe durchkommen mußten. Er wollte seine Frau sprechen. Vor ihm führte abschüssig, mit Kopfsteinen gepflastert, die Straße hinunter. Er rief nach Hamburg an. Lange und scheppernd hörte er das Telefon im Haus läuten. Die Putzfrau ging schließlich an den Apparat. Sie erklärte ihm, daß niemand zu Hause sei (war).

Torberg ging heim. Es war Frühling. Die Mutual hatte ihre Büros in einem der Hochhäuser an der Ost-West-Straße untergebracht. Die mit Stacheln bewehrten Flächendecker, die schon kleine Blätter ansetzten, zitterten im Fahrtwind und Abgasdampf der unaufhörlich vorbeizischenden Autos. Torberg ging in die Mönckebergstraße. Hier, zwischen spiegelnden Kaufhausfassaden, dem bunten Zeug in den Auslagen, das ihm vollkommen gleichgültig war, den

Passanten, die für ihn als halbleere, trübe Nylontaschen vorübergaukelten, kam der erste Anfall.

Mitten in der Menge, im Gedränge des lauwarmen Frühlingsnachmittages, einige Leute trugen noch Wintermäntel, ein paar Jugendliche fuhren schon in T-Shirts auf Rollschuhen vorbei, Richtung Rödlingsmarkt und weiter zur U-Bahn, überfiel Torberg der Schmerz: Er drang wie ein gieriger Fisch, wie die scharfe Schneide eines Eisbergs von unten herauf und zerriß ihm die Lungen, den Bauchdeckel. Torberg taumelte unter den Streben der S-Bahnbrücke und stapfte mit steifen Beinen auf die Büsche am Fleet zu, die von Dreck verkrustet waren.

Er blickte in die rosigen Wasser, die eben zwischen den sich langsam öffnenden Schleusentoren durchströmten, sich, erst pritschelnd, dann rülpsend, dann mit einem gutturalen, triumphierenden Laut durch den endlich verbreiterten Spalt ergossen: Im Schatten war das Wasser schwarz.

In dem Augenblick, als er sich ergab, fühlte er den Schmerz drinnen plötzlich zu etwas anderem werden, zu einem großen Staunen, daß die Welt sich wie von selber darin „einrichten", hinstellen konnte.

Möglicherweise steckte auch der Japaner dahinter: Der Kerl war öfter mit der Berislava zu Besprechungen aufgetaucht. „Ich darf dir vorstellen — Okamura!" — Spionage?

Okamura hatte einen völlig kahlen Kopf, den intelligenten, interessierten Blick eines Mannes, der in der Welt herumgekommen ist und doch noch immer in ihr etwas zu besorgen weiß; gespitzte Lippen; nach oben stehende, spitze Ecken der leicht vorspringenden Oberlippe; kleines Bärtchen; langsame, berechnete, abgezirkelte Gesten, von daher vielleicht der Eindruck, einen Zeremonienmeister vor sich zu haben. Spitze Ohrmuscheln.

Daimler hatte dicke, blutvolle Lippen.

Torberg weinte.

Es wäre nicht unhöflich gewesen, die privaten Verhältnisse Torbergs als bankrott zu bezeichnen. Geld war ja vorhanden, Einfluß, Beziehungen, Möglichkeiten. Vor Jahren einmal hatte er sich mit dieser Frau zusammengetan, so eng, daß die Heirat dann nur noch der letzte, unvermeidliche Schritt gewesen war. Jetzt saß er in der Falle. Sie lebten in einem großen Haus am Alsterufer; von der Terrasse ging der Blick über den besonnten Rasen zwischen zwei Weiden zum gegenüberliegenden Ufer hin, wo wieder Villen im Grünen standen. Seine Eltern waren lange tot. Kinder hatten sie keine, dafür Wertpapiere. Für Politik interessierte sich Torberg nur insoweit, als sie seine Geschäfte tangierte. „Meistens tangieren nämlich die Geschäfte die Politik." Er blätterte lässig in den Zeitungen, war besser informiert, hielt sie für Witzblätter. Aber: diese Frau!

Die Berislava hatte er einmal auf eine Geschäftsreise nach Paris mitgenommen: Paris.

In Paris: Die Berislava und er, sie waren südlich der Place d'Italie, im 13. Bezirk, zum Boulevard Masséna unterwegs gewesen, um einen Partner zu treffen. Er hieß Osu. Sie hatten in einem der Restaurants dort gespeist, und man war bei mehreren Flaschen warmen Sakes recht fröhlich gewesen. Torberg erinnerte sich noch gut an das wie von innen her gebräunte, mit glatter Haut überspannte, dreieckige Gesicht des Japaners, das seinem oben gerundeten, unten schlanken Schädel wie ein Schild vorgebunden gewesen war. Vor einem Hintergrund aus vergoldeten Lampions, die sich draußen im Abendwind gedreht hatten, sie saßen in der verglasten Veranda zur Straße hin, hatte Osu ihn angelächelt und mit trockenen Augen, an denen höchstens das Fältchen im Winkel zuckte, angeschaut. Sie waren handelseins geworden.

Die TEHNOEXPORT war an diesen Sensoren für Hochseeschiffe interessiert.

Wir dürfen nicht vergessen, daß Torberg Krebs hat. Krebszellen – im Schlaf von der Berislava gespritzt? Der Kapitalismus ist das System der totalen Vereinzelung des Menschen. Nur keine „Verallgemeinerungen"!
„Wacht auf, Verdammte dieser Erde!" – Terrorakte?
Ja, vielleicht – ein Besoffener.

Der Stadtplan ließe sich einigermaßen auf eine sanft geneigte und wieder sanft vom Fluß ansteigende Rasterfläche reduzieren, mit sklerotischen Verkehrsadern darin, und den Schwerpunkten der Kirchen und Kuppelbauten: Panthéon, Oper, St. Vincent-de-Paul, Invalides — das Panthéon mit seinem zwirnspulenartigen Unterbau mit Säulen: — zur Orientierung.

Die Berislava rief ihn sehr oft an. Immer war etwas zu besorgen, etwas zu intervenieren, etwas zu erledigen. Torberg konnte ihr nichts abschlagen. Er sagte ja.

Er hatte seine Karriere aus den Augen verloren, seine Arbeit, alles, was früher einmal gewesen war; sein Leben.

Hinter einem Grabmal auf dem Montmartre-Friedhof; und dann im Hotel. Hinter einer Mauer mit Moosen und kleinen Farnen, auf denen noch der Tau glänzte, zwischen Steinhäuschen, von Ruß geschwärzt, Mausoleen, da und dort Bäume über das Gelände verteilt, in denen Vögel herumsprangen oder ihre Nester bauten, hatte er die Berislava umarmt. Und vielleicht war es der außergewöhnliche Platz, oder ihr spöttischer Blick, den sie ihm über die Schulter zugeworfen hatte, sie hatte volle, weiße Wangen und trug ein Tuch turbanartig um den Kopf geschlungen; vielleicht war es die ungewöhnliche Zeit oder daß sein Herz nicht mehr recht mitmachte und er deshalb euphorisch war: Er hatte sich in sie verliebt.

Diese komische Liebe!

Die Berislava verschwindet.

Griechische Flagge? Griechische Schiffe? In die Tanker wurden die Sensoren eingebaut; schwarze Schalter. Es ging dann um die Versicherungen.

Der Blick seiner Augen, von einer schwarzgerandeten, massiven Brille umschlossen, war eindringlich wie der eines Arztes. Irgendwie vornehm steif in seinem tadellosen Geschäftsanzug. Die dem Hochhaus vorgeblendeten Rippen und Querstangen aus brüniertem Stahl. Agio. Sex and crime.

Alle Augen sagten ihm dasselbe: Wir wollen leben.

Torberg ging die Colonnaden, die Straße da hinauf: Und wie immer nach einem Schmerzanfall, sah er alles, selbst diese graue, steinerne Straße, in einem verwandelten, deutlichen und zugleich weichen, ihn beglückenden Licht. Alles erschien ihm frisch und farbig, als ob plötzlich Fasching geworden wäre.

Aber jetzt kam ihm selbst das verkratzte, vom Straßenverkehr zusätzlich beeinträchtigte Gedröhn einer Kapelle, das von einem der Alstervergnügungsschiffe herüberwehte, wie ein kostbares Gebilde vor: aus Palmwedeln mit Orangen – das waren die Posaunen! Und schwarzangestrichene, lange Knochen: das Getrommel. Die eisernen Harfenbögen der Geigen! Die buckligen Narrengestalten von ein paar Kontrabaßtönen!

Torberg war unter dem Gleiskörper durch, über die vielbahnige Hauptstraße weg an die Außenalster gelangt, auf die Wege ihrer als Park gestalteten Umrandung, der sich nach Norden bis zur Krugkoppelbrücke und darüber hinaus bis zu dem Stadtviertel erstreckt, in dem Torberg wohnte. Vor ihm, auf dem rotbestreuten Weg, ging eine Frau. Er faßte sie erst gar nicht ins Auge, sondern schaute zu ein paar Birken hin, die anmutig vor der bleiernen Fläche standen. Dann wanderte sein Blick wieder zu der Frau, die da vor ihm ging. Es ist die Berislava, dachte er plötzlich. Sie trug einen erbsgrünen, kurzen Rock, eine rote Jacke, die im Gegenlicht schwarz wirkte. Die ziegelrote Streuung des Weges war naß und fest von einem Regenschauer, dessen abziehendes Gewölk weiter drüben über den Hochbauten von Wandsbek und Barmbek sich finster ballte, während hier, im Alster-Park, längliche Lachen in dem Dunkel des Weges hell leuchteten und das Dunkelgrün der Grasspitzen und Bäume von einem Licht überfloß, in dem die Frau, die sich schnellen Fußes von ihm entfernte und auf sein Rufen nicht reagierte, schier verging.

„Kopf hoch: lesen!"

S. lebte jetzt in Paris. Das Konvolut mit der Berislava hatte er bald weggelegt, und doch war sie es gewesen, die ihn zu seiner Übersiedlung, wenn man das neuerliche Kofferpacken so nennen will, veranlaßt hatte. Er wohnte jetzt im *Victoria*, nahe der Gare de l'Est, er war dorthin aus einem anderen Hotel umgezogen, das in der Nähe des Canal Saint Martin gelegen war, fast in Belleville: Dort mußte man bezahlen, ehe man den Schlüssel bekam, jeweils für eine Nacht. Die Gäste wuschen ihre Wäsche im Waschbecken in der Toilette und hängten sie im Zimmer auf. In dem mit Jugendstilappliken verzierten Spiegel am Entree spiegelte sich die Portierloge; im *Victoria:* Der Portier, unrasiert und verdrossen, tauchte nur auf, wenn man läutete. Eigentlich hatte S. vorgehabt, Torberg, die Romanfigur, nach der Berislava suchen zu lassen. Er hatte sich das etwa so gedacht: Nachdem Torberg klar geworden ist, daß er weder nach Hause noch in sein Büro zurückkehren wird, versteckt er sich erst in einem Vorstadthotel. Er behebt Geld von seinen Konten, kleidet sich völlig neu ein. Er beschließt, mit der Berislava Kontakt aufzunehmen. Je länger er sich mit dem Gedanken beschäftigt, desto mehr ist er davon fasziniert: Die Berislava finden! Sie ist untergetaucht. Nach Osten; in eins dieser Länder nach der Revolution. — Bald aber war ihm die ganze Handlung um die Berislava lästig geworden, und wenn er sich auch sagte, daß man mit Büchern, die dem Leser nicht allzuviel abverlangen, besser verdienen kann — daß Systemkritik nicht opportun war, stand fest —, war er nunmehr entschlossen, Torberg direkt und einfach dem Tod gegenüberzustellen.

In Amsterdam waren S.' finanzielle Verhältnisse noch blendend gewesen: Eines Tages rief der sogenannte Lektor des Verlages, ein kleiner, pickliger Typ mit Schnurrbart, an und gab durch, daß es in der abgelaufenen Saison große Einbrüche beim Verkauf gegeben hätte. In den vorangegangenen Anrufen des Verlegers hatte sich so etwas schon abgezeichnet, er hatte begonnen, mit Vorschüssen zurückhaltend zu sein, und immer häufiger die Formel: „Geld gegen Ware, nicht wahr?!" im Mund geführt. Jetzt saß S. in der Klemme. Immerhin verfügte er über Guthaben aus besseren Tagen, und das *Victoria* war ihm ganz recht; gerade weil er nicht da hätte wohnen müssen. Direkt unter seinem Fenster stand eine Reihe großer Alumülltonnen, deren Deckel stets offen waren: Gemüse, leere Weinflaschen, beschmierte Lumpen. Aus einer doppelbogigen Unterführung in einem querstehenden Haus drang das Johlen und Rufen von einem Markt herüber, der dort hinten abgehalten wurde. Türken, Pakistanis und Marokkaner gingen unter seinem Fenster vorbei. Öfter aß S. in einem indonesischen Lokal zu Abend und erfrischte sich an den brennend scharf gewürzten Speisen. In seinem Zimmer mit der zerrissenen Tapete hielt er sich stets einen Glaskrug mit Wasser, den er zur Kühlung mit einem Lappen umwunden hatte. Es ging auf Ende Oktober, und die Tage waren noch sehr heiß. Sein Koffer lag auf dem Kasten. Nachts war der unweit des Marktes verlaufende Boulevard Saint Denis, seltsamerweise standen da zwei martialische Triumphbögen für Ludwig, den Sonnenkönig, voller Huren: Da war die Demarkationslinie.

„Nach Ijmuiden in Holland war Torberg gereist, einerseits aus Nostalgie, denn an dem Ort hatte er sich öfter mit Okamura und der Berislava in Verfolg ihrer Geschäfte getroffen: Reparatur- und Wartungshafen für die Tanker war Rotterdam, andererseits hatte es sich einfach ergeben: Er war über Bremen undsoweiter heruntergefahren, unterwegs nach Amsterdam. Dort wollte er einen Wunderheiler aufsuchen. — Er streunte durch die kleine, wie verlassen unter dem Wind daliegende Ansammlung aus Fischerhäusern und schaute über die Schleuse zu den Hochöfen hinüber, aus deren Kühlaggregaten unablässig große Dampfwolken aufströmten. Ab und zu fuhr aber ganz anderer, funkendurchstäubter Rauch aus den Öfen, und rote Glut breitete sich ringsum aus. Torberg hatte große Angst vor den Schmerzen, eine Art von schrecklichem Respekt. Gut, die Frau war fort! Zum Teufel mit ihr! Zur Hölle mit ihr. — Er ballte die Hände in den Hosentaschen zu Fäusten. Seine Schuhe klapperten auf den Granitwürfeln der Straße: Nicht einmal hassen kann ich sie.

Im Hotel Krasnapolsky, wo Torberg hochgestimmt abgestiegen war, feierte er seinen ersten Sieg: Der Wunderheiler hatte ihm zerriebene Wurzeln aus dem Amazonasgebiet mitgegeben, die er einnehmen sollte. Es würde sicher wirken. Torberg warf das Pulver in seinen Sektkelch und hob ihn in die Höhe, daß er funkelte. Er hatte dem Mann einen Packen Geld in die Hand gedrückt. Es war an den Wellblechhütten gewesen, über die unentwegt Flugzeuge im Landeanflug niedergegangen waren. Der Mann hatte verfilzte Haare gehabt, wie ein Rasta ausgesehen. – Seine Frau würde ihn nicht suchen, das wußte er. Sie würde es nicht tun, solange sie genug Geld hatte. – ‚Aber was werde ich tun?' – ‚Ich werde leben!' – Er schob den Vorhang, der auf einer Messingstange lief, beiseite und schaute auf den Dam hinaus: Es war fünf Uhr, und die Leute liefen zu den Zügen, die sie in die Schlafstädte hinausbringen sollten."

Wie stand es nun um S.? In Belleville ausgezogen, war er mit dem Koffer in der Hand die Straßen hinuntergetrieben und so an sein Hotel geraten. Das wirre Hasten und Laufen der Leute in der Bahnhofsgegend gab ihm Auftrieb. Er stand hinter seinem Fenster und schaute hinunter. Die Vorstellung, daß vom Ostbahnhof aus die Truppen wie wehrloses Schlachtvieh nach Verdun und an die Somme geschickt worden waren, beschäftigte ihn oft. Morgens war sein erster Gedanke der nach einem Brief. Er kochte sich sein Frühstück auf dem Zimmer, weil er sich einredete, jeder Ausgang würde ihn beim Anfangen, beim Schreiben, stören. Er hockte vor dem Spirituskocher, den er neu gekauft hatte, und sah der Flamme zu. Eigentlich lebte er nur noch für sein Buch. Daneben galten seine Gedanken Marianne und den Briefen: Sie sollte ihm täglich schreiben. Er sah ihr Kindergesicht vor sich. Sie ging ihm gerade bis ans Kinn. Er legte die Arme um sie. — Da er weder Kinder noch eine Frau hatte, das heißt, vor Jahren war eine Ehe, an die er sich kaum noch erinnern konnte, in Brüche gegangen; die Eltern waren lang tot, und er ging nur in großen Abständen, wenn ihn sein Weg in jene ferne Stadt führte, an das verwilderte Grab hinaus: Kamillen und Kletten; — ein Brief konnte also nur von Marianne kommen.

Eigentlich war er ja auch deshalb nach Paris gegangen, weil er ihr dadurch näher sein konnte. Krankheit hin, Krankheit her, Beyer fuhr von Frankfurt aus regelmäßig ins belgisch-französische Industrierevier, wo seine Firma Endfertigungsstätten unterhielt. Da gelang es Marianne oft, ihn, S., zu treffen. Oder Beyer reiste in Mariannes Begleitung nach Straßburg, wo er als Lobbyist enge Kontakte zu diversen Politikern unterhielt: „Damit der Markt Gestalt annimmt", wie er sich ausdrückte. Wegen der Veränderungen im Osten war Straßburg zu einer wichtigen Drehscheibe geworden.

Manchmal fiel S. seine Kindheit ein, er spielte auf einem Hof, auf dem Hühner herumliefen, der hinten von Holzlagen eingefaßt war, hinter denen wieder, unbegreiflich, die Wolken weiß und turmhoch aufgestiegen waren.
Nach Nächten, die für ihn kurz und unruhig waren, erwachte S. stets zu der Zeit, wenn die Straßenlampen noch brannten, die letzten besoffenen Nachtschwärmer über die Boulevards heimschwankten, die bis auf den Abfall des vergangenen Abends und ein paar atemlos schnell vorüberrauschende Taxis leer waren. Bald würden die Straßenkehrer die Hydranten aufdrehen, und das helle Wasser würde durch die Rinnsteine rinnen.

„Sie fuhren durch ein Tal zwischen zwei riesigen, einförmigen Bergrücken. Die Straße lief am Fuß des einen Bergrückens entlang, der Fluß lag versteckt auf der anderen Seite, hinter großen Kukuruzfeldern, die vor Hitze dampften. Die Flanke des gegenüberliegenden Berges, der wie der Rücken eines großen, halb untergetauchten Fisches, eines Walfisches, aussah, war rot und braun gesprenkelt, mit ringförmigen, goldenen Lichtreflexen darin; dort brach sich das Licht wohl an den Kanten der herumliegenden Steine. Die kleinen Regenbogen waren so intensiv, man meinte fast, eine Art Ewigkeit sehen zu können. Der Abhang, an dem sie entlangfuhren, war lose von Bäumen und Buschwerk bestanden, zwischen denen, wie friedliche, glückliche Eremiten, Schafe und Ziegenböcke auftauchten.

Dann kam das Tal des großen Flusses: Er lief, vielarmig, grün, hell und klar, um die mandelförmigen, gebogenen Sandbänke, deren Material von unter dem Wasser wie übereinanderrollende Maiskörner heraufschimmerte; die kräftig-grünen, senkrechten Stengel der Wasserpflanzen widerstanden. Das Tal erstreckte sich in die Tiefe, in der Dörfer und einzelne Städte im grauen Dunst Platz hatten; an die weißen Berge, die wie Mützen aus Packpapier dastanden; – und im Flußwasser neben der Brücke drehten sich andere Pflanzen mit der Strömung, wie schwarzes Leid. Der Himmel war vollkommen leer, und er schien *sehr dünn* zu sein, wenn du verstehst, was das meint."

Vom Markt herüber drang das Geschrei der Marokkaner, die Gemüseplateaus abluden. Die Passanten trugen dunkelblaue, flusige Baskenmützen. Auf dem kleinen, viereckigen Platz unter seinem Fenster stopfte der Fleischhauer von nebenan Abfälle in die Mülltonnen. S. verließ sein engeres Wohnviertel so gut wie nie. Ein Lieferwagen stieß zum Hoteleingang zurück: Frische Wäsche wurde gebracht. – So war alles in Ordnung. S. schloß die ausgeschlagenen Fensterrahmen, um sich der Frühstückszubereitung zu widmen.

Er hatte keine klare Vorstellung von den weiteren Reisen Torbergs; aber eine Ahnung hatte er doch. Er trank aus seiner Tasse. Weshalb lebte er eigentlich hier? Es paßte ihm. Eventuell würde er Material für ein neues, in der Zukunft liegendes Buch finden. Jeden Tag sollte für richtig ein Brief für ihn kommen.

„Zwar war Torberg durch die Einnahme von zahlreichen Medikamenten schmerzfrei gestellt, doch mußte er starke Dosen nehmen. In seinem Herz hörte er manchmal ein Läuten, und es war ihm, als würde da ein großer Schlüssel umgedreht: Abends, wenn er noch einen kurzen Gang machte – alles war, in einer Vorahnung, schon ortlos und die Dinge standen ohne nähere Zuschreibung, blank oder aufgerauht, groß oder klein, rund oder eckig da –, blieb ihm nichts anderes übrig, als abzuwarten.

Er riß an seinen Haaren, um einen ‚wirklichen' Schmerz zu empfinden. Denn der echte Schmerz war zu groß, daß die Worte ihn nicht fassen konnten, aus den Fugen gingen und ihren Umriß verloren: Es kam Torberg vor, als sei er gar nicht mehr auf der Welt, höchstens noch als ein Stück geschundener Haut, die schwitzt, als Schuhsohlen, die über den Asphalt liefen. – Seine Seele, sein Ich, alles Höhere, das man dem Menschen zuschreibt, war verschwunden: Da war bloß ein Loch, eine Leere – und er wunderte sich, wenn er seine Finger sah, wie sie fühllos und ungelenk nach den Bürsten und Kämmen auf der Badezimmeretagere griffen, um die herum ein blaues oder speichelfarbenes Licht schwebte."

Ein Brief Mariannes: – Erinnerst Du Dich an das kleine Café in der Fußgängerzone – wo wir diesen einen Schlager so oft gespielt haben: Le tue mani. Von Schnulzen verstehen die Italiener wirklich etwas. Hat die Kirche nicht St. Maurice geheißen? Beyer will diesen Winter nach Sankt Moritz, aber das ist lange hin. Sie ist mir so niederländisch vorgekommen, so stämmig.

Unterhalb der Loggia, halb in den Hang hineingebaut, möchte ich einen Wintergarten anlegen lassen: mit Palmen. Ich mein', es geht mir ja nicht ums Geld. Aber wir müssen doch auch was bieten, nicht?! Was rede ich da? Liebling! Ich bin daraufgekommen, daß ich Dich furchtbar brauche. Ich bin vollkommen abhängig von Dir. Deine kleine Marianne, die du mit dem Fuß zertreten kannst. – Aber im Ernst: Es ist mir unerklärlich und zutiefst unverständlich, wie eine emanzipierte und realistisch denkende Frau wie ich einem Kerl wie Dir verfallen konnte. Mein Süßester! Du verübst keine Martern – denk daran. Es ist zum Sterben schön. Jetzt erst versteh' ich die Damen, die Fotos von Hingerichteten im Schlafzimmerkästchen hatten, gemein. Das ist sehr bürgerlich gedacht, nicht? Ich bewundere Dich so. Jetzt bin ich einmal ausnahmsweise ehrlich.

Nach dem Frühstück, das er auf dem Bett anrichtete, setzte er sich gleich zum Tisch und begann zu schreiben. Er war zuversichtlich und guter Dinge: Er würde sein Buch schon abliefern.

An der Wand hatte er einen großen Packpapierbogen aufgespannt, wo er mit verschiedenfarbigen

Filzstiften die möglichen Routen Torbergs einzeichnete. Im Flur wurde mit einem nassen Reibtuch aufgewischt, er hörte den Kübel klirren. Manchmal gab es Streit zwischen den Gästen oder Mietern, meist um Bagatellen, wie zu lautes Radio.

Während er tippte, er saß mit nacktem Oberkörper, bloß mit der Pyjamahose bekleidet, vor dem Holztisch, und wußte er nicht weiter, so rieb er die nackten Füße aneinander, bis sich Haut und Schmutz darauf zu kleinen, schwarzen Kugeln zusammenrollten, während er schrieb, öfter absetzte und, reglos angespannt dasitzend, vor sich hinstarrte, dachte er, was immer ihn auch gerade in Hinsicht auf seinen Helden und das Manuskript beschäftigte, stets an Marianne, das heißt, sie war als sympathische Gestalt im Hintergrund seiner Gedanken, nein, sie war da, eigentlich ohne besondere Kennzeichen, aber eben nicht wegzudenken. Ihm kam vor, als würden ihn aus seinen Überlegungen und Sätzen ihre Augen anschauen, und andererseits wieder sah er sie durch die Landschaften seiner Sätze gehen. Natürlich, er sagte sich tausendmal, daß das alles bloß Schimäre war, nützlicher Selbstbetrug. „Wir gehören doch zusammen!" beruhigte er sich. Gegen elf würde der Brief kommen.

Es wurde sehr schnell warm im Zimmer. Die Sonne fiel von steil oben herein, und da half es wenig, daß er das kleine Stück Vorhang, das da hing, mit dem Weiterwandern der Sonne mitzog. Bald war das Zimmer von Hitze erfüllt, und S. trank immer öfter aus seinem Krug. Er sah Torberg vor sich, als ein von ihm weggewandtes Schemen. Er würde ihm folgen! Er würde sich von der Figur nicht abhängen lassen!

Andererseits lieh S. diesem Gespenst seine Augen und Ohren, umgekehrt, roch, fühlte und empfand er wie er. Er war auch bereit, ihm, um der Erkenntnis willen, in den Tod zu folgen — jedenfalls auf dem Papier. Für sich, als Mensch, lebte er offensichtlich zu einem anderen Ende. Er bat Marianne, sie möge ihm doch Einzelheiten über Beyer schreiben. Marianne schrieb: — er hat noch keinen Verdacht geschöpft. Er liebt mich von Tag zu Tag mehr, natürlich weil's ihm schlechter geht. Er setzt große Stücke auf mich, als könnte ich ihm das Leben schenken. Dabei hat er so gar kein Vertrauen. Da hält er sich an die Arbeit, ans Geschäft. Unser Verhältnis war nie sehr innig, da kannst Du beruhigt sein. Er ist versessen auf's Geldverdienen wie noch nie. Jede Minute ist ausgefüllt mit Gedanken, Telefonaten, Notizen, Briefen. Ich tue es für Dich, sagt er. So gesehen: wirklich ein großartiger Mann! Er hat sehr viele Bestrahlungen.

Sie schreibt ehrlich, dachte S. Ihre Briefe waren immer schnell hingekritzelt zwischen einem Tee nachmittags, einer Abendeinladung oder einer Einkaufstour für und mit den Frauen von Geschäftsfreunden. Und doch vergaß sie nie, ihm zuliebe, wie er glaubte, eine besondere Anekdote, eine Kleinigkeit für ihn einzuflechten — etwa, daß sie sich die Strümpfe an einem Stuhl zerrissen und sich dabei

einen blauen Fleck am Schenkel geschlagen hatte. —
An der Portierloge spielte sich tagtäglich das gleiche
Schauspiel ab. Der griesgrämige Portier kramte in
seinem dreckigen Fach aus Kirschholz, fand erst nichts
und fand den Brief dann doch unter allerhand Plunder wie Streichholzschachteln, Spagatenden und Bierkapseln. S. lief über die ausgetretenen Stufen nach
oben.

„Über Wien hatte sich Torberg nach Triest gewandt.
Es war ein regnerischer Tag, als er von Ronchi mit
dem Flughafenbus hereinfuhr: Industriequartiere,
Berge. Er kannte die Stadt überhaupt nicht, und als er
sie, von der Küstenstraße aus, unter grauen und braunen Dunstschwaden in der geschwungenen Bucht daliegen sah, rings von Bergwällen eingeschlossen, mit
den steilansteigenden, von Häusern beklebten Hügeln
im flachen, von großen Häusergevierten bebauten
Schwemmland, durch Wolkenfenster fiel Licht ein,
kam sie ihm wie ein heruntergekommenes Rio vor.
Er durchschaute den Stadtplan schnell und zeichnete
ihn sich später auf: In der Mitte das Kastell, ringsum
der Korso, vorn das Meer mit den Piers, hinter dem
Stadthügel die Hauptgeschäftsstraßen. Torberg reiste
jetzt wie ein Tourist. Es sollte aussehen, als wäre er
einer. Von Wien hatte er die breiten Hintern der Fiakerpferde in Erinnerung, über denen diese unwahrscheinlich spitzen gotischen Türme und die breiten
Kirchendächer in den Himmel geragt hatten. Dazu
dieser groteske Opern-Palazzo und ein paar schlecht

gebaute Geschäftshäuser. Der Ring. Roßäpfel, die zu vergnügter Ländlermusik aus den gefleckten Pferdehintern gerollt waren. Und Frankfurt? Das war vor allem ein Flughafen.

Torberg mietete sich im besten Hotel auf der Piazza d'Italia ein, kaufte sämtliche Zeitungen mit Wirtschaftsteil und schloß sich, nachdem sein Gepäck nach oben gebracht war, im Zimmer ein."

Die Arbeit ging S. nicht schwer von der Hand. Ich schreibe ja nicht über mich selbst! sagte er im Scherz. Er tippte den Text Satz auf Satz rasch hin. Manchmal unterbrach er sich kurz, besann sich und prüfte, wie denn das eine oder andere Detail im Kontext des ganzen Unternehmens stand, ob er sämtliche Punkte seiner Geschichte, vom Anfang bis zum Ende, noch miteinander verbinden konnte: die Krankheit; das Geschäft; den Tod. Er starrte gegen die schmierige Mauer des Zimmers, wo ausgefranste Löcher anzeigten, daß einmal Bilder an ihr gehangen hatten. Was wohl auf ihnen dargestellt war? Er schrieb weiter, vergewisserte sich, daß er sein tägliches Zeilenpensum schaffte.

„Nachts kramte Torberg wie verrückt in seinem Koffer, aber er konnte die Schachteln mit den Schmerztabletten nicht finden. In dem Moment war sein Hemd schon naß von Schweiß, und er wischte sich im Badezimmer mit dem angefeuchteten, zusammengeknüllten Handtuch übers Gesicht. Auf dem nahgelegenen Hügel, auf dem das Kastell stand, er sah das aus dem Fenster, bildete der Lichtschein, der aus altmodischen Straßenleuchten fiel, kleine, gelbe Glocken. An der Rezeption erklärte man ihm, die nächste Apotheke sei am Hauptbahnhof: weit weg. Es war elf Uhr, die Läden längst zu, selbst die Restaurants sperrten schon, und nur ein paar übermütige Jugendliche fuhren schreiend auf ihren Vespas die breiten, leeren Straßen hinunter. An den Schienenstücken, die da und dort aus dem Asphalt leuchteten, erkannte man, daß hier früher einmal eine Straßenbahn gefahren war. — Torberg lief, von Hoffnungen angetrieben, eine breite Avenue, die nach einem Dichter — Carducci — benannt war, hinunter. Carducci? Am Bahnhof war natürlich alles zu, und das erloschene Werbeschild der Apotheke mit dem in einen Kreis eingeschriebenen roten Kreuz starrte ihn an wie die Kritzelei eines Wahnsinnigen. In dem kleinen Park vor dem Bahnhof setzte Torberg sich auf eine Bank und überlegte: Vielleicht könnte er bis in der Früh durchhalten? Sicher. Winzige Tränen traten ihm in die Augen; er hatte zuviel geweint, um noch richtig weinen zu können, sein Mitgefühl mit sich selber war längst erschöpft. — So komisch es klingen mag, vielleicht war es gerade die wieder niedergekämpfte Verzweiflung, die ihn dann, als ihn diese Hure vor einer zweifelhaften Pension anredete, dazu brachte, einzuwilligen, und, in stumpfer Geilheit, hinter ihr herzutrotten.

Am Tresen redete eine aufgedonnerte rothaarige

Schlampe, mit zwei dünnen Locken neben den Ohren, den Mund rotgemalt im hageren Gesicht, hastig auf zwei Männer ein, die rauchten und, ihren Blicken nach zu urteilen, angetrunken waren. Sie grinsten. Die Frau wies mit der brennenden Zigarette in der Hand großartig zur Stiege, die im Bogen nach oben führte.

In seiner Verwirrung stand Torberg nackt vor dem Spiegel, der an einem zerschundenen, wackligen Kasten mit Jugendstilschnörkelkram befestigt war: Die Nachttischlampe mit dem orangen Schirm, sie stand neben dem Messingbett hinter ihm, verschwamm darin: Er betrachtete seinen ehemals stattlichen, jetzt ausgemergelten, grauen Körper, die schiefe Brust unter der Behaarung, die eckig aus dem Fleisch heraustretenden Beckenknochen: Dann fiel sein Blick auf das Glied, das, aufgerichtet und steif, einem lächerlich weggestreckten Ästchen glich. Plötzlich packte Torberg die Angst, er könnte schon tot und verwest sein. Gestank! Grüne Flecken! — Da tauchte die Frau neben dem Kasten auf, sie hatte sich, im Halbdunkel hokkend, über einer Bidetschüssel gewaschen: Torberg fiel über sie her und drosch ihr die Fäuste ins Gesicht: Das tränenüberströmte Gesicht ihm zugewandt, hockte die Frau auf allen Vieren auf dem Fußboden."

Und was schrieb S. an Marianne? — Ich liebe Dich sehr. Wir müssen immer beieinander bleiben. Du bist ständig um mich herum. Meine Arbeit kommt gut voran. Ich liebe Dich sehr. — Kurz und rar waren seine Briefe, denn er schrieb ihr nicht täglich, wie er es von ihr wünschte. Die Briefe hatten auch keinen Zusammenhang mit den ihren, er schrieb ihr nur dann, wenn ihm wirklich danach war.

Sie schreibt ehrlich, dachte er, wenn er mit ihrem Brief die Treppen heraufstieg. Nach der Abholung in der Portierloge ließ er den Brief meist ungeöffnet auf dem Strohsessel neben der Tür liegen, und er griff erst danach, wenn er nach getaner Arbeit auf den nahen Boulevard hinunterspazierte. Er aß an einer Kebab-Bude oder eine Schüssel Muscheln mit Bier. Lächelnd betrachtete er die von ihr vollgeschriebenen Blätter und wandte sie mehrfach hin und her. Auf dieser Bank, umgeben von brüllendem Verkehr, dem Heulen von Polizeisirenen, dem Wehen von Fähnchen an den Autobussen, die für irgendeine Messe, eine Ausstellung, ein Kunstspektakel warben, sah er mit seinem vor Zeiten teuren, nun abgetragen wirkenden Anzug, der schweren Armbanduhr ums Handgelenk, den ungekämmten, widerspenstigen Haaren, wie einer jener Vertreter aus, die in der Gegend häufig zu sehen waren, unterwegs zum Bahnhof, mit ihrer neuen Kollektion hinaus in die Dörfer auf dem platten Land. Er schlenderte den Boulevard hinauf, ständig darauf bedacht, sich nicht zu weit vom *Victoria* und seiner Arbeit zu entfernen. Er trank Kaffee oder eine kleine Kanne Rotwein auf dem Gehsteig heraußen.

Die richtige Marianne hatte ihn unlängst, bei einem ihrer seltenen Treffen in Paris, gefragt: „Weshalb wohnst du nur immer in so dreckigen Hotels? Wo kommst du denn her? Gefällt dir das? Hängt das mit deiner Herkunft zusammen?"

Was war denn so Besonderes an ihr? Sie stammte aus dem Kleinbürgertum, hatte sich an den Umgang mit Geld und mächtigen, einflußreichen Leuten gewöhnt und einen Stil angenommen, der völlig rekonstruiert und in keiner Weise originell war. Nichts Besonderes an ihr! Kein Funken Persönlichkeit. Aber es half nichts: Sie war etwas Besonderes – für ihn!

Aber sie hatten Spaß miteinander! – Vom Hauptbahnhof in Lille gingen sie untergehakt die leicht abfallende Einkaufsstraße hinunter, umrundeten die ehrwürdige Kathedrale von Saint Maurice und verschwanden in einem Hotel. Marianne befühlte durch den Anzugstoff seine Armmuskeln, und sie lachte, als er ihr erzählte, er habe während des Studiums auf dem Bau gearbeitet: „Aber du hast nur mit den Händen gearbeitet?" – Ihre Augen gefielen S. am besten: Gelb und grün gesprenkelt, erinnerten sie, wenn Marianne etwas betrachtete, fast an eine blühende Wiese, an die Haut einer Forelle. Begeisterte sie sich, wandelte sich das Gelb zu Orange, zu tiefem Braun, und wenn man dann in diese Augen sah, war es schwer, zu widerstehen.

Nachts liefen sie aus dem Hotel in die Fußgängerzone hinunter und aßen, zwischen zwei Umarmungen, aufgeregt und übermütig in einem der Schnellimbisse. S. spielte im Zug den Geschäftsreisenden. Nach Straßburg war es noch weiter, und er brauchte oft drei Tage hin und retour. Marianne war ängstlich darauf bedacht, daß niemand sie sah, und er hatte sie in Verdacht, daß sie sich „verkleidete", wenn sie ihn traf.

Sollte er das Puff, in dem Torberg sein Erlebnis mit der Hure hat, noch ausführlicher beschreiben? Vielleicht eine Duschkabine – in der Zimmerecke? Ihre Wangen waren weiß und kindlich rund. Oder die Körperlichkeit des Torberg? Seine Hüften sahen wie zwei kleine Grabsteine aus. – Das war alles sehr lustig und sehr deprimierend.

Oder genügte es, wenn er Torberg am nächsten Tag erfahren ließe, eventuell in dieser Parkanlage am Meer, zwischen Gründerzeitblöcken, von einer Zufallsbekanntschaft, einem Herrn mit Hund vielleicht, daß es in Gleichenberg oder sonstwo in Österreich eine Wunderheilerin, eine Gesundbeterin, gibt? Also fährt Torberg zurück nach Österreich?

Oder doch die Hure? Sollte er sie nach einem der Mädchen hinter der Waag in Amsterdam zeichnen, wo er sich meist erleichtert hatte. In all dem Dreck, an der Gelderse Kade, am Kanal, chinesische Huren, mit Raubfischzähnchen und kurzen, kräftigen Ärmchen, die sie nach den Kunden ausgestreckt hatten. Wie hatte dieses Hotel nur geheißen?

Einmal wieder spazierte S. am Nachmittag aus seinem Viertel hinaus, hinunter zum Palais Royal und zu den Tuilerien. Schon bevor er an die Kirche Notre Dame des Victoires kam, begegneten ihm die ersten Damen, die hier auf der Suche nach einem bestimmten Stoff oder nach den Kleidern eines Off-off-Couturiers waren. In den alten Häusern hinter dem Boulevard Saint Denis hatte es mit billigen Stoffgeschäften und Knopfhändlern angefangen.

S. ging hinter den promenierenden Damen her, das interessierte ihn überaus, er sah ihnen zu, wie sie sich zu den Auslagen niederbeugten und dann, im Geschäft, hinter den blanken, spiegelnden Scheiben mit den Verkäuferinnen verhandelten.

Schließlich wurden die Häuser immer schöner, und S. kehrte um.

„Von Triest aus fuhr Torberg nach Österreich. Anfänglich war er unschlüssig gewesen, ob er nicht nach Venedig oder vielleicht nach Albanien weiterreisen sollte. – Venedig kannte er. Vor Jahren war er da einmal mit seiner Frau gewesen, und sie hatten eine komische und lächerliche Bekanntschaft gemacht: Ein Schriftsteller hatte sich an sie herangepirscht, abgeschmackterweise hatte er die Frau dann verdächtigt, es auf den Kerl abgesehen zu haben. Aber solche Leute erledigen sich von selbst: Er hatte sich, wie zu hören gewesen war, bald danach umgebracht.

Als Torberg in seinem Abteil erwachte, sah er, daß der Zug in einem weiten Hochtal, die Trasse lag hoch an der Flanke oben, dahinfuhr. Das Tal zeigte zwischen den Bergen in die Tiefe. Es fiel dorthin leicht ab. Während hier heroben noch Sonne war, lagen die Dörfer und Städte im Talboden schon im Schatten. Die Berge waren kahl und grün, wie von dünnem Samtstoff überzogen, die Gipfel spitz oder zackenförmig.

Der Zug fuhr dann steil in die Tiefe, in die Finsternis des Talgrundes hinunter, wo, hinter klammartig aufragenden Felsen, der Rauch von Industrien rötlich aufstieg und, wie sich zeigte, eine Stadt lag. Sie fuhren durch die Stadt durch, die Trasse wand sich an einer neuen Bergflanke bergan, der Zug stieg durch den Einschnitt eines Passes oder Sattels durch, und hinter dem schwarzen, spitzhüteligen Hochwald lag neuerlich ein breites Tal, es schien die schönste Sonne darin."

„Die Straße wand sich höher und höher. Seit Stunden fuhren sie jetzt auf der Schotterstraße bergauf, verstaubtes Gebüsch nickte von den Berghängen. Vorne unterhielt sich die schwarzhaarige Reisebegleiterin mit dem Chauffeur, die Mitglieder der Reisegruppe dösten oder redeten leise miteinander. Die Felsen waren grau und rot; manche weiß. – So schaut morgens mein Leintuch immer aus! – Sie fuhren um einen großen, immer höher sich türmenden Felsen herum: Da waren die ersten Alpmatten mit Schafen und Ziegenherden, deren Halsglöckchen läuteten." – Das war doch in Albanien! Sie waren dann zu einer Schlucht hinuntergefahren, in der buchtenreich ein wunderschöner Stausee gelegen war. „Das ist der Stausee ‚Licht der Partei'", hatte die Fremdenführerin gesagt, „er wurde seinerzeit von Tausenden roten Brigadisten in freiwilligem Arbeitseinsatz errichtet."

Marianne schrieb: — Er haßt Dich nicht. Er weiß alles, aber er haßt Dich nicht. Ich liebe ihn wahnsinnig. Mein Eindruck ist: Er lebt von diesem Haß, den er sich nicht erlaubt. Er hat großen Respekt vor mir. Er bemüht sich. Stell Dir vor, er hat jetzt noch zusätzlich zu all den Sicherstellungen, dem Haus, den Beteiligungen, eine Menge Aktien gekauft — sehr gute Papiere. Was sagst Du? Er erpreßt mich nicht. Er denkt, daß ich ihn liebe. Und das tue ich ja auch — mehr, als er es sich jemals träumen könnte. Der Erfolg! Glaub mir: Ich schäme mich. Ich gehöre zu ihm. Ich liebe ihn immer mehr. Es gibt doch noch Schicksale.

Vom Panthéon ging er den Boul' Mich herunter, er hatte seine Spur gänzlich verloren, an der Römertherme vorüber, über die Brücke, nach Notre Dame mit den bunten Touristenbussen zu. Dann steuerte er Richtung Louvre, Richtung Bibliothek Nationale, dort ging's nach Hause, das wußte er. Die Oper erstaunte ihn jedesmal mit der unwahrscheinlichen Pracht ihrer grünspanigen, in den Rillen zwischen den Segmenten vergoldet wirkenden Kuppel. Galerien, Redaktionen, Kaufhäuser. Es ging auf sechs, Abend, die Sterne begannen in dem blaßvioletten

Himmelsraum über den Dächern schon gelb zu leuchten. Riesig schwarz die Schatten von Bürohäusern an den Kreuzungen der Straßen, auf denen die Leute heimliefen; auf die Metroschächte zu.

Als er Clochards in einer Reihe von Mülltonnen nach Eßbarem suchen sah, war er nahe daran, sich ihnen zuzugesellen: Er lief auch wirklich hinüber und schaute in eine der Tonnen hinein: Da lag ein toter Hund mit verklebtem Fell und ausgelaufenen Augen. Dann einander übertürmende Nylontüten mit undefinierbarem Inhalt.

Aus der Passage mit den zwei Bögen, über der sich das dunkle, querstehende Haus abhob, strömten Farbige in weißen Tuniken. Marokkaner im Festtagskleid, Berber, Brasilianer, Surinamesen mit roten Käppchen? Musik. S. drängte sich gegen den Strom durch, bald begegnete er weißen Halbstarken, die mit Knüppeln auf die Schwarzen einschlugen. Da war eine Passage mit zerbrochenen Auslagscheiben: wirres Drängen und Laufen. Eine einzige Glühbirne brannte. Von einer Frau, die auf dem Boden lag, von mit Kerzen erleuchteten Spiegeln umgeben, flog ein blutüberströmter, großer Hahn auf – er krähte –, der die offenen Fänge nach vorn gestreckt hatte. Europa.

Ich muß mein Buch fertigschreiben!
Ich muß mein Buch fertigschreiben!

Bunten Thrones ewige
Aphrodite, Kind des Zeus, das Fallen stellt, ich beschwör dich, nicht mit Herzweh, nicht mit Verzweiflung brich mir, Herrin, die Seele. – Um sich zu retten, wie er meinte, war S. in ein bürgerliches Viertel übersiedelt, und dabei war ihm das Taschenbuch in die Hand gefallen, in dem er vor so langer Zeit gelesen hatte. Er wohnte jetzt rue Descartes, unweit der Universität. Der Hausteil, in dem sein Zimmer lag, ragte wie ein Turm über die Dächer der umliegenden Häuser, und von einer gewissen Stelle des Platzes um das Panthéon konnte er die morgens weiß, abends rosig oder fahl herausleuchtende Mauer sehen. Wie von selber bog S. um die Ecken der krummen, engen Gassen auf dem Hügel, in denen Hündchen, von ihren Herren ausgeführt, ihre Notdurft verrichteten. Das Trinken hatte er eingestellt, und wenn ihm ein Wirt voreilig den Pastis mit der viereckigen Wasserkaraffe herstellte, lehnte er entrüstet ab. Er fuhr sich über die trockenen, faltigen Wangen. Das Geräusch, das dabei entstand, durchzuckte ihn. Er fühlte seine Augen kalt und wäßrig in seinem Kopf, wie Muscheln, die in Strohkörben zum Markt in der rue Mouffetard gebracht werden.

Durch seine Übersiedlung war allerdings ein peinliches Problem nicht gelöst: Wenn er an Vorschuß herankommen wollte, mußte er sich beim Verleger melden. Dann wäre aber die Frage nach dem Fortgang des Manuskripts unvermeidlich gewesen. Der Lektor hatte in einem Brief schon angedeutet, daß er einsehe, sich geirrt zu haben: Die Texte von S. müßten „dichter" werden. Vom Verleger hatte S. lang nichts mehr gehört. Zwischen S. und dem Geld, das er in harten, leuchtenden Münzen triumphierend rollen sah, lag ein Abgrund, ein Spalt voller Geister. Das ist jetzt die Freiheit! Nütze sie! Tatsächlich regte sich eine Welt von Stimmen und Farben um ihn, er brauchte sie nur zu bannen, sie in seine Welt des Scheins kraftvoll überzuführen: Da war der Roman, die „story". Öfter fühlte er sich von den Erscheinungen der Wirklichkeit verhöhnt, und ihm wurde peinlich klar, daß das Schreiben nichts nützte, und daß auch er würde sterben müssen.

„Der Besuch bei der Gesundbeterin hatte nichts gebracht. In einem dunklen Raum waren ihm die Hände aufgelegt worden. Im Kurpark schloß Torberg Bekanntschaft mit einer älteren Dame mit einem großen Hut, auf dem allerhand künstliche Früchte befestigt waren: ‚Das Letzte, an das ich mich noch erinnern kann', erzählte Torberg, ‚ist die große Ebene des Friaul mit den Kanälen, dem Kukuruz und den Pappeln.'"

„Zwischen Felsen, über die Heidelbeerbüsche herunterhingen, trank Torberg an einer Quelle. Er trank aus einem Blechbecher, der an einer Kette herunterhing. Helle Felsbrocken lagen auf dem Kies, über den das Wasser als durchsichtige, kristallreine Schicht herrann."

„Natürlich hat sie mir nicht vergeben."

„In der ihm fremden österreichischen Atmosphäre dachte Torberg kaum noch an seinen Beruf, den er als ‚früheren Beruf' bezeichnete. Die Berge kamen ihm feindselig vor."

Das waren hilflose Versuche, die Geschichte Torbergs weiterzuerzählen. Sobald sich S. an seinen Schreibtisch setzte, von dem aus er mit der Hand zum Fenster hinübergreifen konnte, verdüsterte sich sein Hirn; tatsächlich, es kam ihm vor, als vermindere sich die Sehkraft.

„Ich muß Österreich aussagekräftiger beschreiben."

Vage plante er noch, daß Torberg den alpinen Schauplätzen den Rücken kehren und per Schiff nach Athen reisen sollte. Von dort sollte er per Flugzeug nach Iraklion auf Kreta weiter; ja, fort, fort. S. war auf dem großen Flughafen da einmal umgestiegen und erinnerte sich über die Rollbahn segelnder Papierfetzen, die in einem Drahtzaun am Rand des Geländes hängengeblieben waren. Von Iraklion aus wurden Bustouren nach Knossos, zur Labyrinth-Stadt der Minoer organisiert. In einem der Kriminalromane, die er gelesen hatte, spielte das, wie er sich erinnerte, eine wichtige Rolle. Die Busse standen auf dem staubigen, von Eukalyptusbäumen gesäumten Platz vor dem Archäologischen Museum. Eins der berühmtesten minoischen Fresken zeigt vor saphirblauem Hintergrund einen herrlichen, hochschnellenden Delphin. Ein klassisches Amphitheater sollte auch eine Rolle spielen.

„Mein Manuskript ist so konfus wie das Leben selbst!" — In Athen soll ein Mann mit Melone in den Bus zusteigen, der Torberg zur City bringt; nicht vergessen.

Wenn er morgens nach dem Frühstück auf seinem Bett lag und zum Fenster hinschaute, kam ihm manchmal noch vor, er könnte einen Zipfel seiner Geschichte haschen, und er murmelte etwa vor sich hin: „Im Morgenlicht ging Torberg an den Strand hinunter, mit den Sohlen versank er im nassen, rund um die einsinkenden Füße momentweise sich verfestigenden, trocken aussehenden Sand." Aber dann fiel ihm ein, daß sein Held Torberg ja nirgendwo an den Strand kommen sollte, und im schon verschwimmenden Vorstellungsbild stiegen Möwen über dem Meer auf, die es für einen Augenblick zwar konkret machten, aber nur, um es mit ihrem Flug dann endgültig zu verwirren und durchzustreichen. Starkes Orange, dann Violett entstand vor seinen Augen, und er interpretierte das als Bankungen von Wolken am Horizont, die alte Sonne steigt wieder aus dem Wasser, dachte er, und sah es in großen Tropfen von einer auftauchenden

Form abrinnen, dem Morgen wahrscheinlich, dann wurden aus den Farben Wülste, Wülste aus zarter Haut, und das Fleisch bewegte sich: — So kann man keine Geschichten schreiben.

Sonst interessierte ihn nichts. Wenn er eine Zeitung aufschlug und etwa von Streiks, einem neuen joint venture im Osten oder einem Satelliten zu Venus oder Merkur las, legte er sie schnell wieder weg.

Vergeblich machte er sich in den 13. Bezirk auf, zum Boulevard Masséna, um dort vor einem Hintergrund von vergoldeten, sich im Wind drehenden Lampions den Japaner aus der Berislava-Episode zu finden. Er erinnerte sich noch gut „an das wie von innen her gebräunte, mit glatter Haut überspannte, dreieckige Gesicht des Mannes, das seinem Schädel wie ein Schild vorgebunden gewesen war". Aber alles, was er fand, war eine Vorstadtszenerie von los im Gelände stehenden Häusern, überquellende Mülltonnen, Altweibersommer. Ein weißlicher, aufgedunsener Koch hantierte hinter seiner Durchreiche mit Teig und Krabbenfleisch. Ein Zweiter, der Kellner, erzählte ihm gerade etwas von einer Flugverbindung nach Osaka. Aus einer Nebenstraße rollte eine krumme Alte mit Pluderhosen einen hochauf beladenen Karren herauf, der rumpelte. Ein Besoffener grölte ein Fahrtenlied.

S. wohnte ganz in der Nähe des Luxembourg-Parks. In der herbstlich kühl gewordenen Luft leuchteten die aus den Steinvasen herunterhängenden Blumenschöpfe aus dem allgemeinen Grau, das in subtilen Schattierungen den Ästen der Bäume, den Schritten der Spaziergänger, den zeltförmigen Dächern des Palais beigemischt war. Auf dem großen Teich, zu dem S. von der im Kreis anmutig darum geschwungenen Terrasse hinunterblickte, fuhren die Spielzeugboote der kleinen Jungen so langsam, als führen sie in Brei. S. ging eine der schon verfärbten Alleen hinauf, es kam ihm vor, als verfolgte er sich selber. – Was, wenn Marianne immer in meiner Nähe sein könnte? Was erwarte ich mir denn davon? Vielleicht nur, daß ich dann von der Pflicht zum Schreiben entbunden wäre. Und sonst? Trat er nämlich morgens, statt einfach auf dem Bett liegen zu bleiben, ans Fenster und schaute zum Panthéon hinüber, dann fiel ihm blitzartig ein, daß die große Stadt mit ihren Landschaften, Hügeln und langen, geraden Straßen auf ihn wartete, daß er sie durcheile; und mochte jetzt der diesige Anfang eines heraufkommenden Sonnentages sein oder der finstere Beginn zu einem anderen, der sich mit Regenwolken verhängt hatte, stets warteten am Ende all der Straßen, die sich in Sternen und anders geformten Mustern vielfach überschnitten und zum Lebensgeflecht der Stadt verbanden, die mit Kupfer oder schwarzem Eisenblech beschlagenen Kuppeln, Karzinome – wie dieses hier, das Panthéon! Der ganze Stadtkörper kam S. wie von Tumorbeulen durchsetzt vor, denn am Endpunkt jedes Ganges, den er sich meist mit einem der großen Gebäude setzte: Oper, Börse, Invalides, Saint Vincent – wartete in der weiten, luftigen Blase des Platzes nur der Schmerz auf ihn.

Er sah das von der Krebskrankheit entstellte und zerstörte Gesicht Beyers vor sich, die ehemals blauen Augen, die träge gewordene Zunge im klaffenden Mund, das Hemd, das um den faltigen Hals Falten warf. Und er fühlte, als nähme er den anderen in sich herein, die Schmerzen in seinen Eingeweiden, die bittere Helligkeit der Welt, das Wäßrige an ihr. − Aber es hatte doch auch mit seinem Buch zu tun? Torberg war erledigt. Der Mann war zum Tod verurteilt. Er konnte weder essen noch trinken und hatte sein Bett nur dazu, um sich unter Qualen darauf zu wälzen. − Wenn er in ruhigerer Verfassung die Bäume im Luxembourg betrachtete und sich dabei sagte, Marianne, deinetwegen kann ich nicht schreiben, dann mußte er lächeln, weil er wußte, daß es nicht stimmte.

Vom Dach oben gesehen, dem Kreuz, den Engeln und den vom Smog zerfressenen Heiligen aus, mochte es freilich lustig ausschauen: dieser verrückte Flaneur unter den anderen Passanten, der ihnen böse Blicke zuwarf.

Die Kontakte mit Frankfurt waren dürftig und fadenscheinig geworden: Beyers Krankheit war in ein neues Stadium getreten. Er konnte sich nicht mehr weit von seiner Klinik fortbewegen. So fielen die Fahrten nach Lille und Straßburg und an ähnliche Orte allmählich aus, und S. mußte noch froh darüber sein, denn so konnte er sparen. Marianne kam selten nach Paris. Meist schützte sie Beyer gegenüber einen Einkauf vor; er fand das, so sagte sie, plausibel.

„Weshalb kommst du nur immer wieder?"
„Ich weiß es selber nicht."
Waren sie so weit gekommen, dann schmiegte Marianne sich an ihn. Sie war, wie gesagt, keine sehr große Frau, grazil und fest gewachsen, mit heller, etwas durchscheinender Haut, zu der die brünetten Haare kontrastierten, als wären sie ganz dunkel oder kupferfarben; bei bestimmter Beleuchtung sahen sie schwarz aus. Ihre Lider waren heller. Kleine Zehen. Beinah dicke Schenkel. Breite Hüften. Ihr Kopf war annähernd rund, und wenn sie den Blick zu ihm hob, dann sah das Gesicht mit dem kleinen Kinn, dem breiten, roten Mund und dem mittlerweile kurzgeschnittenen Haar wie das eines ein wenig schläfrigen Kindes aus. Sie war aber gar nicht schläfrig.

S. lag zwischen ihren Schenkeln. Sie ließ immer ein Kleidungsstück an, damit er etwas zerreißen konnte. Weil der Boden des Zimmers alt und ausgetreten war, begann mit dem Bett auch die Lampe zu schwanken. S. fühlte, wie sein Kopf zu einem Stierkopf wurde. Bei jedem Stoß hatte er das Gefühl, in einer Lotterie zu spielen, an einem dieser Automaten, die einem das Glück verheißen. Oben läuft die Kugel entlang, ehe sie zwischen den Lampen herunterfällt. Mariannes Augen! Er traktierte sie mit Fäusten, und sie schrie. Dann wurde ihm rot vor Augen, als hätte man ihm einen Strauß Rosen hingehalten. Apfelbaumblüten. Fleisch einer Vierzigjährigen. Blaue Flecken.

Wie ein Wald von Apfelbäumen, wie ein Busch von Rosen, die zwischen Sonne und Schatten spielen.

Bald einmal kam das Telegramm: daß Beyer tot war.

Von Marianne hörte er weiter nichts.

Es wurde ihm zugetragen, daß sie ein Kind bekam. Von ihm? Von Beyer?

Er saß hinter seiner Schreibmaschine und schrieb:

„Torberg war mit einer Maschine von *Olympic Air* gekommen. Das Gepäck wurde noch händisch auf Pulte gestellt. Nachts bekam er furchtbare Schmerzen. Er schaute zum Mond hinauf, der die Ränder der treibenden Wolken weiß aufhellte. Er empfand furchtbaren Durst. Der Himmel war tief dunkel und blau. In den engen Straßen hörte Torberg die ganze Nacht Mopedfahrer fahren.

Morgens stieg er vorsichtig die Treppen hinunter; er hatte Angst, mit den Schuhspitzen hängen zu bleiben. Auf dem Markt wurden schon die Waren ausgelegt. An einem Stand verkaufte man getrocknete Feigen. Ein Mann mit dicken Brillen bog um die Ecke. Eine Frau mit Kopftuch lief vor Torberg her. Er konnte ihr Gesicht nicht sehen.

Sie gelangten in die Oberstadt, wo man zwischen den aufragenden weißen Häusern schon das blaue Meer sah. Torberg stieg auf den Stadtberg hinauf, zu einer weißen Stadtmauer und auf eine Bastei und sah von dort die ganze Bucht mit den Häusern zur Seite, starke Äste mit violetten Blüten, die hereinragten, und vorn das in der Sonne leuchtende Meer mit den Küsten, wo eben ein Schiff auslief."

Eine Geschichte von früher,
kurz erzählt

Der Zug fuhr langsam ein. Auf den Trittbrettern hockten allerhand Landarbeiter, die jetzt durch die sich öffnenden Türen fast nach unten gedrückt wurden. Die Abteile waren voll. Eine junge Bürgersfrau band sich einen Schleier, dessen Enden mit dem Fahrtwind wehten, vors Gesicht. In einem der Abteile vierter Klasse hob ein junger Mann gerade den Kopf. Er hatte sich nach seinem Bündel gebückt, das er unter der Bank verstaut gehabt hatte. Sein Haar war schwarz, und es lag wie eine Kappe um seinen Kopf. Die Kappe hatte Rinnen oder Rillen: wo er mit den Fingern immer einmal durchfuhr. Das Gesicht des jungen Mannes war braun und knochig, und seine Augen leuchteten vor Erregung und Abenteuerlust. „Ist das jetzt Triest?" fragte er den neben ihm Sitzenden mit dem bosniakischen Schnurrbart und deutete zu den nahen Felsabhängen hin, von denen grüne Blätterwolken über die Trasse und die sich auf ihr entlangschlängelnde Wagenkette herunterhingen, aber der andere verstand ihn nicht.

Tief unter der Trasse lag das Meer, das mit Lichtpunkten glitzerte, ehe es, weiter fort, in ein Durcheinander von blauen Zungen überging, Hellblau und Schwarzblau, bis auch diese Zone in einem dichten Saum weißlichen, gespensterhaften Dunstes ihre Ruhe fand.

Der war aber groß! Ein mächtiger, beschlagener Schrankkoffer verdeckte mit seinem in die Höh' ragenden Eck einen wohlgenährten italienischen Herrn im weißen Anzug, mit Bartkoteletten und roten, fleischigen Händen; sein Nacken quoll über den Kragen. Am Fuß einer der Säulen im Bahnhofsfoyer saßen braune, hagere Gestalten mit roten Pluderhosen und nackten, staubigen Oberkörpern. Sie hatten ihre Bündel um sich herum liegen, und die Reisenden, die Ankommenden und die Abfahrenden, mußten darübersteigen. Ein Polizist in blauer Admiralsuniform, mit forschendem Blick, trat herein. – Es gab viele Soldaten hier, fiel dem Neuankömmling auf. Unter den Platanen, auf dem Vorplatz drüben, waren sie in Reih und Glied angetreten. Ein Uniformierter, von dem er nur den prallen Rücken sehen konnte, kommandierte sie. Sie hatten Tornister übergepackt, mit eingerollter Decke, Spaten, Bergschuhen. Ein paar Droschken warteten im Schatten unter den Bäumen, die Kutscher hatten die Zügel über die Rücken der Pferde geworfen.

Tauben stoben vor den Schritten des Ankömmlings auf, der munter ausschritt, und flatterten zu den dunklen, mit schweren Simsen und Obelisken verzierten Fassaden der Häuser hinauf.

Auf dem Kai draußen war es freilich gleich etwas anderes: Zuerst war nur ein graues, freies Strahlen. Dann tauchten die schwankenden, dunklen Striche der Masten auf, das mausgraue Tauwerk in der blitzenden Luft, die, so kam es dem jungen Mann vor, von Fröhlichkeit knirschte. Unten erst, an den Rändern der Kais und Piers, verschmierte sie sich zu einer bunten, trägen, von Lasten gekörnten Masse, deren Grundstoff die Farbe der Schiffskörper und das Meerblau war.

Auf dem Kai fuhr rot und klingelnd die Straßenbahn.

Der junge Mann hatte sich zu seinem Ziel durchgefragt. Als er in der Via San Niccolò vor dem Geschäftsportal stand, kam ihm gleich etwas faul vor. Das verbeulte Blechschild über dem Eingang löste sich halb von der Holzkonstruktion, auf der es befestigt gewesen war, und in der Auslage stand auf staubigem, ehemals weißem Packpapier, auf dem Fliegen lagen, ein einziger Topf, blau emailliert.

Aus dem Hintergrund des Ladens trat ein Mann, der eine schwarze Schürze vorgebunden hatte. Er hielt eine Faust Nägel gepackt, daß die Köpfe rund zwischen den Fingern hervorschauten. Im Halbdunkel standen an den Wänden überall Stellagen entlang, aus denen die kleinen Holzladen, die leer waren, herausgezogen waren. Auf der großen Budel lag aufgeschlagen ein großes Geschäftsbuch mit weißen Seiten.

„Da bin ich jetzt!" sagte der junge Mann und schaute den anderen an, als hätte der wer-weiß-was zu vergeben.

„Wie war die Reise? Gut?"

„Sie haben mir doch den Brief geschickt?"

„Du siehst ja, was hier los ist", sagte der Mann und

deutete unbestimmt in die Tiefe des Lokals, wo eine Tür halb offen stand.

„Also nichts", sagte der junge Mann. Er hatte sein Bündel abgestellt, holte jetzt Tabak und Papier hervor und fragte: „Darf ich?" — Er schluckte.

„Mein Gott, früher, da hättest du mich kennenlernen sollen", sagte der Mann und senkte seinen braunhaarigen Kopf, der an den Schläfen schon weiß zu werden begann. Er legte die Nägel auf das Pult und rieb dann seine großen, dunklen Hände mit den dikken, bombierten Fingernägeln, die, mit den breiten Trauerrändern, wie kleine Pferdehufe aussahen: „Mich haben die Juden ruiniert." — Er sah aus, als wäre ihm kalt.

Er ging steifbeinig, mit durchgedrückten Knien, in dem Geschäftslokal auf und ab: „Früher", erzählte er, „war ich Diener bei einer gewissen Frau von Prerovič; eine große Dame! Hätte ich nur nie mit dem Handel da angefangen. Du kennst sie nicht. Das macht nichts. Es war ein wirkliches Herrschaftshaus, mit Kronlustern, die ich bei Festen brennen gesehen habe. Überall war der Fußboden aus verschiedenen Holzsorten. Die Wände waren voller Teppiche, auf denen die Göttin Diana mit Pfeil und Bogen und Jagdhunden dargestellt war. In den Salons sind nur kostbare Möbel gestanden, alles vergoldet, und Beine und Lehnen so dünn wie Hühnerknochen. Aber das kannst du dir sicher nicht vorstellen." — Der Mann unterbrach sich. Der junge Mann schaute ihn an. Der Mann hatte ein graues, dürres Gesicht, das an den Stellen, wo der

Bart schlecht rasiert oder schon wieder nachgewachsen war, mit der Dunkelheit verschwamm. – „Du hättest hier ja auch nur Kisten getragen. Dafür hätte ich dich gebraucht. Versuch's im Hafen!"

Breitschultrige Männer, auf deren Muskeln der Schweiß wie Öl glänzte, stiegen breitbeinig mit Kapuzen aus Jutesäcken über die schwingende Planke herunter. Der junge Mann hockte im Schatten neben einem abgeschirrten Karren und aß einen großen Paradeiser und ein Stück weißes Brot. Er schaute den Männern zu. Auf dem Schiff stand der Name: AMOR.

Schon am Nachmittag arbeitete der Neuankömmling in Triest an den Schiffen.

„Karl", sagte der größte der Herkulesse, mit dem er sich angefreundet hatte, zu ihm, „da – schau dich nur um! Was sagst du?" – Sie saßen am Rand einer Wiese, wo zwischen Felsen und hartbelaubten Bäumen behelfsmäßig aufgestellte Hütten standen. Da wurde Wein vom Faß ausgeschenkt, der Becher zu ein paar Heller. Die Kapelle spielte: die Harmonika, die Geigen! Sie konnten auch Janitscharenmusik machen, mit Trommeln und Flöte. Das ging einem richtig durch Mark und Bein. In der Mitte der Wiese drehten sich die Paare, und als die Sterne aufgingen, saß Karl zwischen seinem Freund und einer Frau, die, sie hatte ihren Rock um sich herum ausgebreitet, an einem Zuckerring kaute.

Es kam noch zu anderen Veranstaltungen: Wenn sie, müde von der Arbeit, ihre Jutesäcke in einen

Winkel warfen und sich am Wasser unten Hände und Gesicht wuschen, die Bäuche der Schiffe schaukelten neben ihnen auf und ab, gesellte sich öfter ein kleiner, hastiger Mann zu ihnen. Meist verloren sie ihn dann in den Speisehäusern und beim Trinken aus den Augen, aber alle Arbeiter wußten, was er gesagt hatte, und redeten darüber: Die Macht den Räten! Und die Antreiber aufhängen. An die Laternen.

Unter den Arbeitern war Karl der kleinste. Sie hatten mächtige Nacken und qualmten den ganzen Tag ihre Pfeifen. Sie vertrugen ganze Eimer von Wein.

Am schönsten war es eines Tages, als Karl allein oben im Karst saß, auf einer Wiese, unterhalb ein Haus. Erst schaute Karl zum Meer hinunter, über dem Wolken trieben, und achtete nicht auf das Haus. Aber dann sah er einen Spatzen auf dem First des Hauses sitzen, eine Biene summte, sie flog tanzend vor den Dachziegeln des Hauses, und ein Samen mit einem Schirm aus pelzigen Fäden trieb verloren durch die Luft.

Jetzt war Krieg. Begonnen hatte alles mit dem Begräbnis: Vorne waren die geputzten Köpfe riesiger Rappen aufgetaucht, mit silbernem Zaumzeug und schwarz gefärbten Pfauenfedern: Die Rappen hatten getänzelt. Sie zogen die Särge auf der Lafette, alle Fenster in der Straße hingen voller Menschen, die Kanonen von San Giusto krachten — und dann liefen alle Menschen durcheinander: die schwarz angezogenen, wohlgenährten Herrn mit den hohen Zylinderhüten und die schwarzgekleideten Damen mit ihren Seidenschärpen und den Schleiern, und die Gassenjungen in zerrissenen Kniehosen, und Marktweiber, und Matrosen; auch er, Karl, war gelaufen.

„Wer wird denn hier begraben?"
„Der Kaiser?"
„Der Kaiser? Der ist doch in Wien."
Dann kamen die Zeitungen mit den riesigen schwarzen Lettern, und dann kam, ja, was kam dann?

In Karls Kopf verband sich das Rennen der schwarz angezogenen Leute mit den riesigen Zeitungslettern und mit den Körpern der wohlgenährten Rappen, die in der Sonne getänzelt waren.

Die Ivanka gab ihm den Brief bei der Tür herein. Ihr breites, fettes Gesicht lächelte fast verlegen. Sie hat Haare am Kinn und trägt ein blaues Kleid. Aber erst der Brief: graues Kuvert, graubraunes Formular.

„Das ist die Gestellung."

Also unter die Soldaten! — „Aber ich arbeite doch im Hafen!" — „Die wissen schon, was sie machen", sagt die Ivanka und fällt über den Karl her. Gleich darauf hat er ihre Hüften in der Hand, oberhalb vom nackten Arsch. Dann geht's los. An dem Tag ist das Meer besonders schön, obwohl's ganz wie immer ist.

Unter Rußland hat sich der Karl nie was vorstellen können. Er sieht auch jetzt nicht viel davon. Er rennt über einen schlammigen Kartoffelacker, in dem die

Stiefel einsinken. Er trinkt in einer Miete einen Schnaps, der ihm noch im Darm brennt. Da kommen viele Juden auf hohen Leiterwagen daher und hinten steht eine Gewitterwand über der Ebene mit den Bauminseln.

Aber erst war die Ausbildung: Rittmeister Birkmayr hat immer gern eine Ausnahme für Karl gemacht: Er durfte in der Waffenkammer Patronentaschen putzen, während die anderen in Reih und Glied antraten. Wenn Karl die Patronentaschen mit dem Fett einreibt, tritt der Rittmeister Birkmayr herein und fragt ihn barsch, wie er denn weiterkommt. Karl zeigt auf die Haufen mit den Patronentaschen: einer, mit den fertigen, dunklen, der andere mit den hellen, zerschundenen. Der Rittmeister ist ein großer, etwas korpulenter Mensch mit blanken Stiefeln und einem Schnauzbart. Er lächelt so zuckersüß, daß Karl sich manchmal zu fürchten beginnt: Der will irgendwas! Und dann trinkt der Rittmeister. „Ich schlafe schlecht", sagt er zu Karl, und er schiebt das auf die Garnison, in der so gar nichts los ist: „Ja, wenn man in Wien wär — oder zumindest, na, in Baden oder Neustadt." Birkmayr hat dicke Säcke unter den großen, runden Augen, in deren Ecken das Blutwasser steht.

Eines Abends ruft er Karl zu sich. Der Kasernenhof ist leer, jetzt fällt noch mehr auf, daß in dem ganzen Hof nur zwei geknickte Bäumchen rechts und links vom Eingang zur Kantine stehen, sonst nichts als Staub, braun und schwarzbraun, die Sonne geht langsam über die Dächer der Stadt hinunter. Der Rittmeister sitzt auf seinem Bett und bietet Karl aus einer Flasche zum Trinken an. Das ist gegen das Reglement. „Jetzt ist mir alles wurscht", sagt der Rittmeister. „Willst du, daß ich mir eine Kugel ins Hirn brenne? Willst du das?" Die schwarze Stirnlocke hängt dem Rittmeister ins Gesicht, er schluchzt, er wirft die Flasche fort, in einen Winkel, wo ein Sattel steht. — Der Karl läuft weg, zur Ivanka, die gerade Wäsche kocht. Sie beugt sich über den Kessel, in dem grau die Unterwäsche schwimmt.

Karl kommt an die Front. In den Felsen und Bergen am Isonzo-Tal ist das ein anderes Leben. Viele Kameraden fallen und ringeln sich in ihrem Blut und dem Dreck, den zerschlagenen Gesteinsbrocken. Die Briefe, die von der Ivanka kommen, wirft der Karl weg: Sie sind ihm zu blöd. Genau weiß er nicht: zu blöd einfach. Der Rittmeister hat sich versetzen lassen. Der war eines Tages verschwunden. Aber Karl hat andere Sorgen: Aus den Felswänden und Schrunden der gegenüberliegenden Berge kommen Kanonenrohre heraus, über die Almen kommen die wahnsinnigen Alpini gelaufen, es ist ein Gebrüll und Gepolter, schier zum Verrücktwerden, und man muß beizeiten lernen, wie das sein wird, wenn man selber zum Sterben dran ist.

Vor der Festung lag ein großer Talkessel, in dessen Grund sich ein Fluß schlängelte. Kleine Hügel mit Wald standen darin. Unter Beschuß wuchsen aus der Landschaft weiße Pilze, die der Wind zu Schwaden vermischte, die an den Berghängen langsam höherstiegen. Karl wußte nicht, wozu der Krieg gut war. Krieg ist Krieg, ja, darauf lief sich alles hinaus.

Im Rollen der feindlichen Kanonenabschüsse lag Karl friedlich geborgen wie in einer Wiege. Seine Mutter schrieb ihm nie — sie konnte ja nicht schreiben, und den Vater kannte er nicht.

Die Stube der Mannschaft im Fort lag nach hinten hinaus, man sah auf den kleinen Exerzierplatz zwischen den Felsen. Das Fort lag hoch oben, auf einem Felsplateau, und zeigte mit seinen durch Granitblöcke aus Böhmen gesicherten Gefechtsschlitzen nach Süden, zum Italiener hin.

Im Puff in Raibl war Karl der Größte. Er war anerkannt, und wenn in dieser Anerkennung durch die Kameraden auch etwas Verächtliches war, war Karl doch auch stolz darauf. Im Saal, wo die Huren promenierten, manche hatten hellrote Locken und lange Zigarettenspitze, und die Freier aufrissen, erzählte eine alte Puffmutter im Suff: „Ich kannte einmal einen kleinen Jungen, war der Sohn von einer Kollegin, als der hörte, daß es ein Paradies gibt, sagte er, da will ich hin! — Auf der Welt gibts aber kein Paradies, mein Lieber! — Dann muß ich eben sterben."

Das Licht der Lampen im Puff war violett — wie Flügel eines Schmetterlinges — mit einem gelben Rand herum, einem breiten, gelben Rand, und wenn die eigenen Batterien feuerten, der Rückstoß das ganze Fort und also auch die Betten der Mannschaften erzittern ließ, erschien Karl die Maria, die Muttergottes, im Traum, die er im Wachsein längst vergessen hatte.

In der letzten Schlacht, das Fort war längst aufgegeben, die Front verlief jetzt fast zweihundert Kilometer weiter im Westen, stürmten die Truppen über ein faules Schneefeld hinunter: Mitten im Schlachtgewühl sah Karl einen Leutnant der Kaiserjäger, wie der einem Alpini das Bajonett durch den Hals stach und dann weiterlief mit seiner grauen Mütze mit dem Birkhahnstoß. – Das Blut und das Grün des Alpinihutes, der Stahl und der schwarze, glänzende Birkhahnstoß: all das prägte sich dem Mann in der Minute ein, als er fluchend über den nassen Schnee vorwärtslief und die Augen zusammenkniff.

Im Frieden heiratete Karl eine kleine Frau, eine Verkäuferin in einer Trafik. Wie das gekommen war? Er erinnerte sich manchmal an ihr rosiges Schnäuzchen und die weißen Zähne.

Sie vagabundieren durch verschiedene Anstellungen, als Diener in großen Hotels, er wieder als Helfer auf einem Lagerplatz, sie als Stubenmädchen, beide in einem anderen Hotel – in verschiedenen Städten, in der Provinz. Entlassungsgrund: Trunksucht.

Karl liegt in der Kammer zwischen den Habseligkeiten im Bett, zwischen Kartons und Kisten, und die Kinder weinen. Auch Kinder gibt es natürlich mittlerweile. Die Frau, mit adrett aufgestecktem Zopf, in der schwarzen Hausuniform des Hotels, kocht eifrig auf einem Elektrokocher Milch auf.

Die Köchin kommt und holt die Frau zum Dienst. Sie bringt Brot mit. Sie, die Köchin, kriecht zu Karl ins Bett.

Eine neue Stadt: Wo anfangen? Karl, im Anzug, geht sich vorstellen. Über den Ringplatz, in die Geschäfte, durch die Kastanienalleen ins Zentrum, da und dort, am Alten Markt, am Neuen Markt, am Hauptplatz — den Hut in der Hand: Keiner nimmt Karl. Einer nimmt ihn doch, am Schluß. Als Hausdiener.

„Was, bei dem Juden fangen Sie an?"

Es ist ein schönes, stattliches Haus in der Altstadt, gleich hinter der Stadtpfarrkirche. Man verkauft Stoffe. In Ballen: englische Ware. Fensterrahmen aus Eichenholz. Feine Kundschaft im weitläufigen Salon, vor dem Kamin. Sie spiegelt sich außen in den Scheiben der Auslagen. — Karl arbeitet im Keller, bei den Kohlen, oder er führt auf dem Fahrrad etwas aus, mit dem Anhängerkasten auf zwei Rädern. — Eines Tages nagelt er im Keller etwas zusammen, eine Kiste, eine defekte Lade aus dem Geschäft oben? In der halboffenen Tür, halb gebückt unter dem niederen Pfosten, steht der Leutnant vom Schneefeld: in Zivil, im feinen Anzug, den Kopf nach vorn geneigt, er lächelt, er kommt herein, hinten die Lampe, seine Wangen sind glattrasiert und schimmern, er hat blaue Augen, eine lange, schlanke Nase. Er lächelt.

„Ah, Sie sind der Neue!? Wie heißen Sie denn?"
„Karl."

Die Jahre vergehen. In der Kleinstadt drehen sich

die Jahre besonders schwerfällig. Die Bürger gehen über den Hauptplatz, und die Sonne scheint. Karl trinkt immer mehr, macht Rabatz auf den Straßen, prügelt die Kinder und die Frau. Der alte Chef will ihn entlassen, aber der junge legt immer wieder ein gutes Wort für ihn ein. Die Frau geht auf Arbeit. Bei der Kommunistischen Zeitung gibt's Arbeit; weil der Chef sie haben will, verliert sie die Arbeit, geht zu den Katholiken und arbeitet für's Marianische Wochenblatt: die Himmelskönigin hält ihren Sohn auf dem Arm, auf der Vignette auf dem Umschlag.

Der „Leutnant", der junge Chef, schaut immer vorbei, wenn Karl fehlt: Er steht dann in der Tür, wie beim ersten Mal, im Keller, und schaut zu dem Ehebett hin, wo im Halbdunklen reglos Karl liegt, und sagt: „Was ist denn, Karl?"

All die Jahre lächelt er.

Aus Deutschland hört man von der großen Zukunft, und daß alles anders werden soll. Die ersten Steine fliegen, der alte Herr Chef legt sich zum Sterben nieder, der junge muß übernehmen.

Dann kommen wieder viele Soldaten. Die Glocken läuten.

Eines Wintertages wird der „Leutnant" mit seiner Familie in ein Lager überstellt – zur Registrierung. Sie haben sehr viel Gepäckstücke, die im Vorhaus herumstehen, wegen der Kinder. Das Lager liegt in der Nähe von Wien, in Wöllersdorf am Gebirge, bei Wiener Neustadt. Dort fährt Karl dann hin und bringt dem Chef Sachen in einem Karton: Kleider,

Essen, Medikamente. — Karl bringt wieder einmal einen Karton, und er gibt ihn zwischen den Pfosten und Stacheldrähten dem Chef durch.

„Wie war die Reise?"

„Ich komm' bald wieder."

Das war die ganze Geschichte. Es ist lange her.

für Christa

Verlagsgemeinschaft Ernst Klett Verlag –
J. G. Cotta'sche Buchhandlung
Alle Rechte vorbehalten
Fotomechanische Wiedergabe
nur mit Genehmigung des Verlages
© Ernst Klett Verlag für Wissen und Bildung GmbH,
Stuttgart 1991
Printed in Germany
Schutzumschlag: Klett-Cotta-Design
Im Bleisatz gesetzt aus der 12 Punkt Walbaum
von Alwin Maisch, Gerlingen
Im Buchdruck gedruckt von Verlagsdruck, Gerlingen
Gebunden bei Lachenmaier, Reutlingen

CIP-Titelaufnahme der Deutschen Bibliothek
Rosei, Peter:
Der Mann, der sterben wollte samt einer Geschichte
von früher / Peter Rosei. –
Stuttgart: Klett-Cotta, 1991
ISBN 3-608-95761-8